Tucholsky Wagner Zola Scott Sydow Freud Schlegel
Turgenev Wallace Fonatne
Twain Walther von der Vogelweide Fouqué Friedrich II. von Preußen
Weber Freiligrath Frey
Fechner Fichte Weiße Rose von Fallersleben Kant Ernst Frommel
Richthofen
Engels Fielding Hölderlin Dumas
Fehrs Faber Flaubert Eichendorff Tacitus
Eliasberg Ebner Eschenbach
Feuerbach Maximilian I. von Habsburg Fock Eliot Zweig
Ewald Vergil
Goethe Elisabeth von Österreich London
Mendelssohn Balzac Shakespeare
Trackl Lichtenberg Rathenau Dostojewski Ganghofer
Stevenson Doyle Gjellerup
Mommsen Tolstoi Hambruch
Thoma Lenz Hanrieder Droste-Hülshoff
Dach Verne von Arnim Hägele Hauff Humboldt
Karrillon Reuter Rousseau Hagen Hauptmann Gautier
Garschin
Damaschke Defoe Hebbel Baudelaire
Descartes Hegel Kussmaul Herder
Wolfram von Eschenbach Dickens Schopenhauer Rilke George
Darwin
Bronner Melville Grimm Jerome
Campe Horváth Aristoteles Bebel Proust
Bismarck Vigny Barlach Voltaire Federer Herodot
Gengenbach Heine
Storm Casanova Tersteegen Grillparzer Georgy
Chamberlain Lessing Langbein Gilm Gryphius
Brentano Lafontaine
Strachwitz Claudius Schiller Kralik Iffland Sokrates
Katharina II. von Rußland Bellamy Schilling
Gerstäcker Raabe Gibbon Tschechow
Löns Hesse Hoffmann Gogol Wilde Vulpius
Luther Heym Hofmannsthal Klee Hölty Morgenstern Gleim
Roth Heyse Klopstock Kleist Goedicke
Luxemburg Puschkin Homer Mörike
La Roche Horaz Musil
Machiavelli Kierkegaard Kraft Kraus
Navarra Aurel Musset
Nestroy Marie de France Lamprecht Kind Kirchhoff Hugo Moltke
Laotse Ipsen Liebknecht
Nietzsche Nansen
Marx Lassalle Gorki Ringelnatz
von Ossietzky Klett Leibniz
May Lawrence Irving
vom Stein
Petalozzi Knigge
Platon Pückler Michelangelo Kafka
Sachs Poe Kock
Liebermann Korolenko
de Sade Praetorius Mistral Zetkin

Der Kronprinz und die deutsche Kaiserkrone

Gustav Freytag

Impressum

Autor: Gustav Freytag
Umschlagkonzept: toepferschumann, Berlin

Verlag: tradition GmbH, Hamburg
ISBN: 978-3-8424-0754-1
Printed in Germany

Text der Originalausgabe

Gustav Freytag

Der Kronprinz und die deutsche Kaiserkrone.

Die folgenden Blätter wären nach dem Ableben Kaiser Friedrich's gedruckt worden, wenn nicht andere Veröffentlichungen, und was mit ihnen zusammenhing, dem Verfasser verleidet hätten, sich während einer unerfreulichen Aufregung über die Person des theuern Toten zu äußern. Jetzt in einer Zeit größerer Ruhe möge man diesen kleinen Beitrag zur Entstehungsgeschichte der deutschen Kaiserwürde wohlwollend aufnehmen. Er vermag freilich nur zu berichten, wie als Wunsch in der Seele des Kronprinzen gelebt hat, was später Thatsache wurde.

Seit achtzehn Jahren besteht das deutsche Kaiserthum, es ist bereits fest gewurzelt in dem Gemüth und dem politischen Leben des Volkes, es ist Ehre und Stolz von Millionen geworden, auch seine Reichsverfassung hat sich als eine dauerhafte Schöpfung erwiesen und wird neben dem Vielen, was die Nation dem Fürsten Bismarck zu danken hat, in Zukunft vielleicht als eine besonders staatskluge Bildung betrachtet werden. Wenn nun der Schreiber dieser Zeilen bekennt, daß er selbst im Jahre 1870 der Kaiserkrone über einem deutschen Staatsbau abgeneigt gegenüberstand, so muß er sich gefallen lassen, daß die Leser von seinem politischen Scharfblick eine ungünstige Meinung erhalten. Dennoch wird ihnen zugemuthet, auch von dieser überwundenen Auffassung etwas zu vernehmen, denn in Wahrheit war dieselbe im Jahre 1870 nicht die Ansicht eines Einzelnen, sondern vieler Männer, ja die herrschende Meinung in Norddeutschland. Es ist jetzt unnütz zu fragen, ob eine andere Form der Vereinigung deutscher Stämme gedeihlicher geworden wäre, auch würde solche Frage, wenn sie aufgeworfen werden sollte, wahrscheinlich durch allgemeinen Zuruf verneint werden. Aber die damalige Stimmung im Volke ist auch eine geschichtliche Thatsache, welche die Begeisterung des preußischen Thronfolgers für die Kaiserkrone zum Gegensatz hatte, und welche vielleicht die bedächtigen Erwägungen des Bundeskanzlers beeinflußt hat.

Der Verfasser entnahm die folgenden kurzen Mittheilungen, welche den Kronprinzen betreffen, aus den Aufzeichnungen, die er sich im Feldlager gemacht hatte, und aus Briefen, die er von dort an einen Freund schrieb. Wenn er hier auch über die Persönlichkeit des späteren Kaisers Friedrich, wie sie ihm erschienen ist, geurtheilt hat, ehrlich und mit einem Herzen voll Pietät, so hält er dies als geborner Preuße für sein Recht; er hat durch ein langes Leben treu an dem Geschlechte der Hohenzollern gehangen und ist Toten und Lebenden für manchen Huldbeweis verpflichtet, aber er ist nicht im Stande, vor der höchsten Erdenhoheit sein Urtheil gefangen zu geben, und er ist der Meinung, daß den Gebietern unseres Staates besser gedeihen muß über solche zu herrschen, welche sich eine selbständige Auffassung bewahren, als über die, welche Nacken und Meinung gefügig beugen.

Dagegen hat er Entschuldigung dafür zu erbitten, daß einige Aufsätze hinzugefügt sind, die bereits um 1870 gedruckt wurden, ja sogar ein Gedicht, welches 1871 in der ersten Nummer der Zeitschrift »Im Neuen Reich« erschien. Diese Stücke wurden dem Kronprinzen geschrieben, damit er sie lese, und der hohe Herr hat in seiner Herzensgüte dem Verfasser seinerzeit bestätigt, daß er die wohlmeinende Absicht verstanden habe.

Aus dem Hauptquartier der dritten Armee.

1. Bis nach Petersbach.

In Speier kam ich am 1. August 1870 an und hatte die Freude alsbald den Kronprinzen zu sprechen, Morier war bei ihm, der sich gerade empfahl. Ich fand unsern Herrn sehr lieb und gütig, er ist für mich ein rührender Mann: das lautere, offenherzige Gemüth, die Innigkeit seines Empfindens, die Unbehilflichkeit seines Wollens überall, wo er nicht durch ein warmes Gefühl getrieben wird. Sobald wir allein waren, sprach er von der Kronprinzessin. – In seiner Auffassung der deutschen Verhältnisse aber war er wie ein geflügelter Engel, der hoch über der Erde schwebt. Der deutsche Nordbund erschien ihm als gänzlich überwunden und abgethan; das Ganze, die Einheit, sei ja jetzt vorhanden. Ich nahm mir die Freiheit zu bemerken, daß Einheit des Enthusiasmus und des Heeresbefehls noch durchaus nicht Einheit der politischen Interessen zur Voraussetzung und zur Folge habe. Das Streben der Südstaaten, ihre Selbständigkeit zu bewahren, jetzt gebändigt durch die Scheu vor Preußen und Franzosen, empfiehlt ihnen diesen Krieg ebenso sehr als ihre deutsche Gesinnung. Baiern und Würtemberg als treue Verbündete im Kriege sichern sich dadurch die Rücksichtnahme auf ihre politischen Forderungen. Ihre beste Hilfe wird, daß sie Vaterlandsliebe gegen Frankreich erweisen können. Wenn der unwahrscheinliche Fall einträte, daß der Krieg ungünstig für Preußen verliefe, dann würden sie sich als Rechtfertigung jeder abgeneigten Politik anrechnen dürfen, wir haben's ja einmal ehrlich gemeint, und da ist's schlecht gegangen. Auch der warmherzige Eifer des Volkes in Süddeutschland ist zwar sehr schön, er ist zur Zeit geräuschvoller, aber durchaus nicht so opferfreudig als im Norden: man vergleiche z.B. die Verzeichnisse der Liebesgaben und patriotischen Opfer. Man klappert hier, aber es ist nicht viel in der Büchse.

Am 2. August hatte ich Gelegenheit mit Führern der beiden baierischen Armeecorps dasselbe zu verhandeln. Sie sprachen sich ehrlich über die Politik ihrer Regierung aus. »Der König von Baiern ist jetzt der volksthümlichste Mann seines Landes.« »Wir müssen zu Deutschland halten, wenn wir Baiern bleiben wollen.« »Die Rede des Kriegsministers v. Pranckh: ich bin Partikularist vom reinsten Wasser, und deshalb bin ich für den Krieg gegen Frankreich, bezeichnet genau unsere Lage«, und »der König läßt sich eher töten, als daß er den kleinsten Theil seiner Herrschermacht aufgiebt«. Diese und ähnliche Aeußerungen möge man in Norddeutschland wohl beachten. Und ganz dieselbe Auffassung klang aus den Reden hiesiger Bürger, nur gemüthlicher und weniger entschieden. Trotz alledem sind die Baiern freudig durch das Gefühl erhoben, endlich einmal auf der rechten Seite zu stehn. Einer der baierischen Generäle lobte auch in bescheidener Weise die Tüchtigkeit seiner Leute: »Wenn sie feuernd in einem Graben liegen, so werden sie auch gegen starke Uebermacht aushalten, bis die letzte Kugel verschossen ist.« Man darf hoffen, daß die Baiern in diesem Kriege ihren Schlachtenmuth noch in anderer Weise erproben werden.

Es scheint mir, daß man den Kronprinzen zu viel durch Politik zerstreut. Er ist jetzt Befehlshaber der dritten Armee. Die Politik wird weit ab im großen Hauptquartier durch einen Mann von ganz anderer Natur gemacht, und das gelegentliche Einreden des Kronprinzen aus der Ferne wird nicht viel ändern. Dazu hat der Kronprinz eine militärische Aufgabe, die schon wegen der Zusammensetzung seiner Armee schwerer ist als man sagen kann; und es gilt jetzt alle Kraft für das nächste große Ziel, den Sieg, zu sammeln. Da wirkt nun sehr störend das ungeheure Hauptquartier, so und so viel Prinzen mit militärischem Gefolge, Dienerschaft und Troß, fremde Offiziere und Militärbevollmächtigte, auch Männer von Civil, tägliche Tafel mit der Hälfte, da alle zusammen nicht Platz haben. Namentlich die zuschauende fürstliche Umgebung beansprucht von dem Kronprinzen Zeit und Gedanken, denn jeder der Herren nimmt doch einen Bruchtheil davon für sich in Anspruch. Es ist deshalb im Werke, das Hauptquartier zu theilen, und eine zweite Staffel einzurichten, in welcher ein Theil der nicht Dienst thuenden Herren in gesonderte Quartiere gelegt werden kann. Aber diese Trennung in einen Cötus A und B wird nicht viel helfen. Im Jahre 1866 war der Kronprinz fast ganz allein mit seinen militärischen Rathgebern, jetzt ist die Aufgabe größer und sie findet den Herrn in einer Lage, die ihn beständig veranlassen muß, an vieles Andere zu denken, fürstlich zu wirken und sich auszugeben. Im Hauptquartier des Königs hat man sich diese Fürstenbegleitung fern gehalten, und fast Alles dem Kronprinzen zugewandt.

Unter den vorhandenen Herren fehlt es natürlich nicht an solchen, welche die Zukunft Deutschlands mit warmem Herzen und Erfindungslust besprechen. Daß diese ungeheuere Erhebung zu etwas ganz Neuem führen müsse, ist ihnen völlig deutlich, nur darüber gehen die Ansichten auseinander, wie das Neue beschaffen sein soll. Mein lieber Herzog empfing mich verwundert, und sprach zu mir von dem neuen Kaiserthum, das die Fürsten sehr wünschten. Aber ich besorge, sein warmes Herz täuscht ihn, es sind nicht Alle so bereit wie er, für Deutschland ihre fürstliche Vollgewalt hinzugeben. Zudem ist es keine gute Vorbedeutung von einem neuen Kaiser zu reden, während man dem, der jetzt unser Feind geworden, gerade den Purpurmantel ausziehen will.

Der Aufbruch des Hauptquartiers von Speier erfolgte am 3. August früh. Ein langer Zug von Wagen, Reitern, Rossen, wohl 200 Pferde, auf staubiger Landstraße. Der Kronprinz fuhr mit seiner nächsten militärischen Umgebung kluger Weise später ab; dadurch war die Entlastung des Herrn von unwesentlichen Verpflichtungen eingeleitet.

Die ganze Pfalz in Stadt und Dorf steckte ihre Fahnen heraus und jubelte dem Kronprinzen zu, so warm, so fröhlich vertrauend und so hingerissen von seiner guten Art, daß es eine Freude für Jedermann ist. Er macht die Menschen von Herzen froh, durch eine ganz einzige Verbindung von vornehmer Artigkeit und treuherzigem Wesen. Und er wirkt allerdings als Eroberer. Aber solche Wirkung ist wie der holde Rausch fremder Poesie, er verfliegt schnell in nüchterner Wirklichkeit. Der Weg von Speier nach Landau führt in der ersten Hälfte vier Wegstunden durch flaches Land, dessen Fruchtbarkeit berühmt ist. Der Nußbaum im Felde, sorgfältig gepflegte Rebgärten, der Tabak geben den Fluren eigenthümliches Aussehen; die Menschen mit gescheidten Gesichtern, auch unter den Kindern viel Braunhaar und Schwarzhaar und große dunkle Augen, theils römisches, theils jüdisches Blut, das hier einen großen Bestandtheil ausmacht, daneben prächtige hellblonde Germanenköpfe. Die Frauen tragen auf dem Kopf und haben deshalb gute Haltung. Aus den Fenstern der niedrigen, weißgetünchten Steinhäuser in den Dörfern hingen viele blauweiße Fahnen, daneben die Teppiche der Putzstube; Bundesfarben zuweilen in den Städten, in einem Dorfe auch einmal eine schwarz-weiße Fahne, die wir begrüßten, darunter kauerten und standen fünf hübsche Kinder in einer Gruppe. Alles freut sich hier recht innig, daß es einmal vor Gott und Menschen erlaubt ist, gut bairisch zu sein.

Allmählich wird bei der Wegrichtung auf Frankreich das Hardtgebirge zur rechten Seite höher. Prächtige Formen, Kegel und starkgeschwungene Gipfel, am Reisetage im blauen italienischen Duft. Es war sehr schön und tröstete über das militärische Aussehen von Landau, einem kleinstädtischen Nest für biertrinkende Invaliden. Der Kronprinz war hier sehr in Anspruch genommen, mir fiel auf, daß er mit so geringer Bedeckung in das Land ritt. Er machte einen Besuch im Lager des fünften Corps. Als er herankam, lösten sich die Bataillone ganz auf, weil Alles vorwärts stürzte und ihm die »Hoch« entgegenrufen wollte. Es waren seine Treuen von Nachod und Skalitz. Er beschaute dann auch das elfte Corps. Beide zusammen bilden die Kerntruppen, welche er bei den ersten Zusammenstößen mit dem französischen Heer einsetzen muß. Nach seiner Rückkehr wurde im geheimen Rath des Generalstabs festgesetzt, was am nächsten Tage zum Ereigniß werden sollte.

Am 4. August früh rieselte der Regen herab. »Wie bei Königgrätz« sagten die Leute. Es lag etwas in der Luft, Jedermann wußte, daß ein Zusammenstoß mit dem Feinde wahrscheinlich war. Kurz nach 6 Uhr, nachdem die Briefe aus der Heimat angekommen waren, brach der Kronprinz mit seiner Hälfte des Hauptquartiers auf. Um 9 Uhr stand die bairische Division Graf Bothmer im Norden von Weißenburg mit dem Befehle, die Stadt zu nehmen, welche durch Turkos der französischen Division Abel Douay besetzt war. Die Franzosen waren gerade beim Abkochen und wurden überrascht, aber die alten Wälle, die Gräben und festen Thore der Stadt machten die Einnahme durch Infanterie-Angriff doch sehr schwierig. Die Baiern fanden hartnäckigen Widerstand, und erwiesen ihre Ausdauer genau so, wie ihr General kurz vorher gerühmt hatte. Unterdeß griffen die Preußen die Hauptstellung des Feindes, den Gaisberg an, der durch Geschützbänke und durch Schießscharten in einem massiven Bau auf der Höhe zur Verteidigung hergerichtet war. Es waren Regimenter des fünften Corps, voran das Königsregiment Nr. 7, welche zuletzt mit schlagendem Tambour, fast ohne einen Schuß zu thun, den entscheidenden Sturmangriff machten. Die Offiziere, nach preußischem Brauch voran, fielen zuerst, nichts hemmte den Tritt der Braven. Dann half das elfte Corps den Baiern Weißenburg einnehmen. Es war ein glorreiches Treffen, etwa 800 Gefangene, eine Kanone. Wir hatten große Uebermacht, aber die Franzosen eine sehr feste Stellung; der Kampf ging nach den Dispositionen mit der Sicherheit eines Uhrwerkes vor sich, und General Blumenthal durfte am Abend nur das Eine bedauern, daß den Deutschen nicht das ganze Corps von Mac-Mahon gegenüber gestanden hatte.

Als der Kronprinz den erstürmten Gaisberg hinaufritt, lösten sich wieder die Reihen der gelichteten Bataillone, Alles stürzte jauchzend und Hoch rufend zu ihm heran, die Verwundeten hoben sich und streckten die Arme nach ihm aus, es war wie ein einstimmiger Ruf: »Sieh, wir haben's nicht schlecht gemacht!« Solcher Ausdruck einer festen, in den Schrecken des Todes aufjauchzenden Kriegertreue ist das Höchste, was ein königlicher Heerführer erleben kann.

Als am Abend der Kronprinz von dem Sturm seines fünften Corps auf den Gaisberg sprach, wie nach dem Gelingen die zerschossenen Bataillone ihm Sieg und Hoch zugerufen, da wurde die Rührung in seinem Antlitz fast übermächtig, und es lag eine Verklärung auf ihm, die auch seine Umgebung ergriff. Das ist die hohe furchtbare Poesie des Krieges. Stolz und Ehre des streitenden Volkes ist, für die Sache zu fallen und zu siegen, die sich ihm in der Person seines Fürsten verkörpert. Aber die Begeisterung des Soldaten und die des königlichen Feldherrn sind nicht ganz gleich in ihren Einwirkungen auf Seele und Leben. Die Treue des Soldaten ist, sich hinzugeben, die des kriegerischen Fürsten, diese Hingabe edel zu empfangen. Der erstere ist besser daran, für den Fürsten birgt sich in dem höchsten Genuß, den ihm sein hohes Amt bietet, auch eine geheime Gefahr. Als Schlachtengott und als das irdische Schicksal von Hunderttausenden über den Andern zu stehen, macht den besten und reinsten Mann zuletzt empfänglich für den häßlichen Gedanken »ich, der Staat«. Und als der Herr unwillkürlich den Arm auf meine Schulter legte, da dachte ich mir, ich wollte ihm treu sein für sein späteres Leben, ein ehrlicher Mann, der seine Hingabe dadurch bewährt, daß er leise daran mahnt, wie schwer es dem Fürsten wird, erhebende Gefühle seines Berufes mit ernster Arbeit und wahrhafter Hingabe an seinen Staat zu verbinden.

Am Abend kauerte eine Anzahl Turkos in zwei Reihen vor dem Pfarrhause von Schweighofen, wo das Quartier des Kronprinzen war, darunter garstige, schwärzliche Schlingel, Alte unter großem Turban und Junge mit dem Fez. Einzelne sahen sehr trübselig aus, sie erwarteten wohl in Kürze aufgegessen zu werden. Sie waren aber nur zur Förderung der Völkerkunde für unsere Soldaten ausgesetzt.

Am 5. August kam nach kräftigem Vormarsch der Truppen in der Richtung auf Wörth und Hagenau, und nach endlosem Stocken und Stauen in den Colonnen, das Hauptquartier in Sulz an. Unterwegs um Weißenburg sah man die Spuren des Kampfes: tote Pferde, tote Turkos in gekrümmter Stellung, wie zum Sprung zusammengezogen, Sanitätswagen, Krankenträger, Haufen zusammengelesener Helme, Monturstücke und Waffen.

Sulz war ein erschrockener kleiner Ort, mit verdrießlich leidenden Menschen, darunter einige fanatische Franzosen. Einer von diesen wurde ergriffen, als er auf unsere Soldaten schoß, und am Morgen darauf füsilirt; die Frau lag den langen Tag in ihrem Hofe und raufte sich die Haare.

Die Franzosen haben allem Volk gestattet, sich mit dem rothen Kreuze aufzuputzen, vor jedem größeren Haus steckt die Fahne, trägt der Besitzer die Binde, um von Einquartierung frei zu bleiben, er nimmt dafür einige »leicht verwundete Franzosen« in Pflege.

Heut Abend kam fast zugleich mit dem Großherzog von Baden Roggenbach an. Er war in das Hauptquartier geladen: frisch, hoffnungsvoll, gehoben. Sein warmes, wohlthuendes Wesen war für mich wieder eine große Freude und Erquickung, in dem erfindungsreichen Geiste spann er bereits Gedanken, was aus Frankreich werden solle, wenn uns gelänge den Kaiser durch Siege zu beseitigen. Aber der liebe Freund will wieder gehen. Er sieht nicht, was er hier soll, und ich glaube, er hat Recht. – Jetzt habe ich die Schrecken des Krieges gesehen, nicht die Leichenfelder sind es, darüber kommt man weg. Aber ich war hier in Sulz in einem Kramladen einquartiert. Die Verpflegungscolonnen waren nicht zur Stelle und die Soldaten kamen, forderten, nahmen, zuletzt begannen sie zu rauben; gerade gegenüber vom Quartier des Kronprinzen.

Am 6. früh begann die Kanonade in der Nähe von Wörth, dorthin war die ganze Artillerie vorgeschoben. Mehrere Stunden war man im Hauptquartier der Ansicht, daß für diesen Tag eine Schlacht nicht zu gewärtigen sei; noch als gegen 10 Uhr der Kronprinz mit Blumenthal zu Pferde stieg, erwartete der General erst am nächsten Tage die Entscheidung als Folge aller eingeleiteten Bewegungen des Heeres.

Unterdeß war die Schlacht entbrannt, eine der blutigsten und ruhmvollsten, die wir erlebt haben. Am Nachmittag wurde die Größe und die Furchtbarkeit des Sieges allmählich bekannt. Alles gestürmt und zerschlagen unter schrecklichen Verlusten. Jedermann fühlte, daß dies ein grimmiger, menschenmordender Krieg sei. Die größere Tüchtigkeit unseres Heeres ist durch diese Schlacht entschieden. Daß gerade dem Kronprinzen und seinem aus Preußen und Süddeutschen gemischten Heer die ehrenvolle Aufgabe wurde, dies vor Europa festzustellen, ist beinahe so schön, als der Sieg selbst. Der Herr war an diesem Abende still, auch seine mannhafte Kraft erschöpft. Er sagte zu mir in großer Bewegung: »Ich verabscheue dies Gemetzel, ich habe nie nach Kriegsehren gestrebt, ohne Neid hätte ich solchen Ruhm jedem Andern überlassen, und es wird gerade mein Schicksal aus einem Krieg in den andern, von einem Schlachtfeld über das andere geführt zu werden und in Menschenblut zu waten, bevor ich den Thron meiner Vorfahren besteige. Das ist ein hartes Loos.« – »Dafür mögen Sie als König im Segen des Friedens regieren.«

(Zum 9. August). Als ich in dieses Land kam, stand mir hübsch fest in der Seele, daß die Elsaßfrage eine leidige Frage sei, und daß auch ein glückliches Ende des Krieges uns kaum in Besitz des Landes setzen werde, ja, daß wir uns dies gar nicht begehren dürften wegen der Unmöglichkeit, in solchem Fall mit Frankreich wieder auf erträglichen Fuß zu kommen, ferner, weil wir bei der doch bevorstehenden Abrechnung mit Jungrußland immerhin durch ein Bündniß Frankreichs mit Rußland in die Klemme kämen, endlich, weil wir unsichere Grenzländer genug haben, und harten Nationalitätenkampf – Böhmen – in nächster Nähe. Aber es hilft nichts, das Herz läßt sich nicht einschnüren. Jede Meile, die wir weiter in diesem schönen Land zurücklegen, jedes von den blauäugigen Kindern, die uns anstarren, ja auch jede Unterhaltung mit den Landleuten, Männern und Frauen, Alles rührt und mahnt das Herz. Im Ganzen steht es in Deutsch-Elsaß so: Katholiken fast zwei Drittheile, viele Juden, das übrige Protestanten. Die Protestanten in einem Winkel ihres Innern gedrückt und unzufrieden, vor anderen die Geistlichen, wenige dieser Minderzahl schon jetzt mit deutschen Hoffnungen. Auch die Katholiken im Landvolk fühlen sich gar nicht als Franzosen, sie sehen ohne Freude das Französische durch die Schulen in ihre Kinder gepflanzt, aber sie wurden vor diesem Kriege durch ihre Geistlichen gestachelt, welche hier eine ganz eigenthümliche politische Rolle spielen. Auch diese sind vielleicht mit dem Druck der Beamtenherrschaft unzufrieden, aber sie arbeiten dennoch in echt französischer Weise als Verbündete der Regierung. »Wir wußten bereits, daß es etwas geben würde, als die Pfaffen wie die Bienen umherschwärmten, denn das war beim Krimkrieg und dem italienischen gerade so,« sagte ein Landwirth in Ober-Modern. Die wichtigsten Förderer der französischen Bildung aber sind die Schullehrer, welche auf Befehl von Paris soviel als möglich französiren, ferner die französischen Volksbibliotheken, welche durch Napoleon fast in jeder Gemeinde angelegt sind. Es ist noch gerade Zeit und das letzte Geschlecht, in welchem diese Tünche abgeworfen werden kann. Außerdem ist auf dem Lande fast aller Adel französisch: Paris, die Senatorengehalte, Eisenbahn- und andere Unternehmergewinnste, die Corruption und die Eleganz ziehen nach dem Großstaat im Westen. In den Städten die gebildete Jugend und der reiche Industrielle, der seinen Reichthum dem französischen Zollsystem verdankt. Nur die letzte Klasse ist von wirklicher Bedeutung und für uns ein Hinderniß, denn die Industrie hat sich im Gegensatz zur Rheinschweizer und badischen entwickelt. Der Handel aber ist zumeist Produktenhandel und zieht nach dem Rhein. Darnach steht die Sache so. Das Land liegt in einem Halbschlaf, die Gebildeten sind im Ganzen gegen uns, die Mehrzahl des Volkes würde einen Uebergang zu Deutschland sich geduldig gefallen lassen, aber die Mehrzahl hat keinen thätigen Willen für die Verbindung mit uns, denn sie kennt uns ja nur durch den Krieg. Das Uebrige ist dunkle Sage der Väter. Doch wenn diesmal der Elsaß nicht deutsch wird, erhalten wir ihn nimmer zurück, denn die französischen Späher belauern genau das Verhalten der Eingebornen.

Das ist jetzt die Frage, um die ich mich kümmere. Den Kronprinzen habe ich in den letzten Reisetagen kaum allein gesprochen, er sieht aber gut aus und ist vergnügt und gehoben. Wir lagern heut – den 9. – am Fuße der Vogesen, morgen geht es in langen Tagemärschen darüber mit sieben Colonnen. Jenseits wird sich dies Manöver wohl in seiner Bedeutung vernehmlich machen. General v. Blumenthal tröstet die Besorgten, die Zertheilung des Heeres auf den Gebirgswegen sei keine Gefahr. In Wahrheit ist der dritte Theil der französischen Armee durch die verlorenen Schlachten zerrüttet; aber auch unser Verlust bei Wörth ist unheimlich groß und man erwägt im Stabe, so geht es nicht fort, man muß die anderen Waffen und unsere Ueberlegenheit im Ausführen vorgeschriebener Bewegungen besser verwerthen. Gestern und heute haben Regentage die Wege schwierig, das Biwak der Soldaten beschwerlich gemacht.

Der Kronprinz hat den lebhaften Wunsch, bei künftigen Friedensverhandlungen zugezogen zu werden, vielleicht weniger, weil es ihn drängt, bestimmte Forderungen aufzustellen, als weil es ihn kränkt, in solcher Lebensfrage Preußens und Deutschlands unbeachtet zur Seite zu stehen. Ich rieth ihm, was unser einem ja am nächsten liegt, sich recht offen und herzlich an den König zu wenden, mit der Bitte, ihn zuzuziehen, unter Angabe seiner berechtigten Gründe. Doch er hat, sogleich nach der Schlacht bei Wörth, über das bei einem Friedensschluß für Deutschland Wünschenswerthe eine Denkschrift für den Kanzler aufgesetzt, die er mir zum Lesen gab. Sie war sehr schön, und ein gnadenvolles Schicksal möge allen Forderungen Erfüllung bereiten, aber wer weiß: wann, mit wem und unter welchen Verhältnissen der Friede geschlossen werden wird?

Am 11. August rastete das Hauptquartier auf der Höhe der Vogesen in dem Gebirgsdorfe Petersbach. Der Kronprinz bestellte mich für den Nachmittag zu einer Unterredung vor sein enges Quartier ins Freie. Er trat auf eine große sanftgeneigte Weidefläche. Nach einem Regentage glänzte Halm und Blatt im Sonnenlicht, zur Seite grasten die Kühe, im Rücken zogen Geschütz- und Proviant-Colonnen die Bergstraße entlang; vor uns lagen die dämmerigen Höhen, welche sich in den Süden Lothringens hinabziehen und von da stiegen zuweilen kleine weiße Rauchwolken am Himmel auf, denen der dumpfe Ton des Geschützes folgte, dort lag in der Ferne Pfalzburg, welches mit der Feldartillerie des sechsten Corps seine

Schüsse tauschte. Längs dem Gehölz, welches den Weidegrund nach abwärts umsäumte, schritt Rittmeister von Schleinitz auf und ab und spähte in das Holz, nach Kriegsbrauch zum Schutz und als Kugelfang gegen einen tückischen Schuß aus dem Dickicht.

Noch einmal sprach der Kronprinz die Denkschrift durch, deren schnelle Absendung ihm am Herzen lag, dann begann er: »Und was soll mit Deutschland werden, welche Stellung soll der König von Preußen nach dem Kriege erhalten?« – Ich antwortete, wenn es ein Friede wird, wie wir ihn jetzt hoffen dürfen, so ist die Mainlinie kein Hinderniß mehr, die Süddeutschen können unter ähnlichen Bedingungen wie die Staaten des Nordbundes in den Bund treten und wir dürfen hoffen, daß sie dies selbst wollen, wenn auch nicht sämmtlich so warm wie Baden. Das fand der Kronprinz selbstverständlich, aber er frug wieder: »und was soll der König von Preußen werden?« – Antwort: Kriegsherr des neuen Bundes, braucht man dafür einen Namen, so wird dieser sich wohl finden. Im Nothfall kann man ja eine uralte volksthümliche Bezeichnung zu neuer Ehre erheben und den königlichen Titeln die Worte Herzog von Deutschland zufügen. Die Preußen begehren für ihren König keine neuen Namen, nur die Macht. Da aber brach der Kronprinz stark heraus und sein Auge leuchtete: »Nein, er muß Kaiser werden.« Betroffen sah ich auf den Herrn, er hatte seinen Generalsmantel so umgelegt, daß er wie ein Königsmantel seine hohe Gestalt umfloß und um den Hals die goldene Kette des Hohenzollern geschlungen, die er doch sonst in der Ruhe des Lagers nicht zu tragen pflegte, und schritt gehoben auf dem Dorfanger dahin. Offenbar hatte er, erfüllt von der Bedeutung, die der Kaisergedanke für ihn hatte, auch sein Aeußeres der Unterredung angepaßt. Wir aber waren gerade über der Arbeit, den Mann, welcher sich einen neuen Kaiserstuhl errichtet hatte, von diesem hinabzuwerfen, und uns Norddeutschen war das alte Kaiserthum durch mehrhundertjährige Demüthigung und gehäuftes nationales Unglück verleidet. Deshalb vernahm der Hörer diesen Ausbruch warmen Begehrens bei dem künftigen König von Preußen ohne Begeisterung. Den Einwurf, daß die süddeutschen Könige schwerlich mit solcher Einrichtung zufrieden sein würden, beantwortete der Herr mit der Annahme, daß bereits die Macht vorhanden sei, Widerstrebende zu nöthigen. Die naheliegenden Bedenken hiergegen hörte er geduldig an, dann wurde er selbst beredt und sprach von der Bedeutung und hohen Würde des deutschen Kaiserthums; daß die Kaiserwürde zuletzt an Werth und Ansehen gering geworden sei, räumte er ein, »aber das soll jetzt anders werden.« Der Kronprinz hatte viel Geschichtliches gelesen und war in der Haus- und Familiengeschichte sehr wohl bewandert, nicht ebenso vertraut waren ihm die alte Verfassung und die Machtbefugnisse der römischen Kaiser deutscher Nation. Er gab bereitwillig zu, daß die Wiederbelebung des Kaiserthums etwas weit Besseres schaffen müsse, als in früheren Jahrhunderten bestanden habe, konnte aber nicht dem Gedanken entsagen, daß der König von Preußen als Kaiser von Deutschland Erbe der alten tausendjährigen Würden und Ehren sein werde. Da eine Auseinandersetzung über diese Auffassung zwecklos wurde und er doch das Widerstreben des Hörers empfand, so frug er wieder in seiner herzlichen Weise: »Was haben Sie also im Grunde einzuwenden?« Als ich den Herrn so vor mir sah, mochte ich mir auch nicht versagen, vorzutragen, was ich auf der Seele hatte: Ueber die politische Zweckmäßigkeit eines neuen Kaiserthums Deutschland mögen Andere urtheilen, mir, als einem persönlich verpflichteten Mann giebt große Huld vielleicht ein Recht zu sagen, daß mir noch eine ganz andere Rücksicht die Kaiseridee unlieb macht. Ihre Durchführung bedroht das Geschlecht der Hohenzollern mit einer Anhäufung derselben Gefahren, durch welche mehr als eine erlauchte Herrenfamilie zum Unglück ihres Volkes an Kraft und Tüchtigkeit verloren hat. Was unterscheidet die Hohenzollern, die, als Menschen betrachtet, keineswegs immer bedeutender und kräftiger gewesen sind als ihre Standesgenossen, von anderen Königen, die, wie sie, in sicherem Erbe stehen? Doch zumeist der Umstand, daß sie um ihrer Selbsterhaltung willen und zur Mehrung ihrer Macht genöthigt waren, den Vortheil der deutschen Nation gegen das Hausinteresse anderer erlauchter Familien zu vertreten. Jeder große Fortschritt ist durch sie in den Zeiten errungen, wo diese Nothwendigkeit ihr Leben und ihre Thätigkeit beherrschte. Die Gefahren ihrer erhabenen Stellung, die Abgeschlossenheit vom Volke, das leere Schaugepränge, das Beharren in einem verhältnißmäßig engen Kreise von Anschauungen, die Besetzung ihrer Tage mit anmuthigen Nichtigkeiten, das alles ist in diesen zwei Jahrhunderten scharfer Arbeit für sie wenig gefährlich gewesen. Eine gewisse spartanische Einfachheit und Strenge hat Beamtenthum, Heer und Volk in

Zucht gehalten. Die neue Kaiserwürde wird das schnell ändern. Die deutsche Kaiserkrone hat zur Voraussetzung nicht nur die achtungsvolle Bewahrung der regierenden Häuser, durch deren Genehmigung sie jetzt gewonnen werden soll, sondern auch eine unablässige Repräsentation den Fürsten gegenüber. Aller Glanz der Majestät, die Staatsaction bei vornehmen Besuchen, die Hofämter, die Schneiderarbeit in Costüm und Decorationen werden zunehmen und, wenn sie erst einmal eingeführt sind, immer größere Wichtigkeit beanspruchen. Der einfache blaue Rock der Hohenzollern wird zuletzt nur noch als alterthümliche Erinnerung hervorgeholt werden. Das Selbstgefühl aller Fürsten wird sich steigern; aber ebenso sehr das Selbstgefühl des Adels, der ganze fast überwundene Kram alter, nicht mehr zeitgemäßer Ansprüche wird sich schnell mehren. Ueberall wird das fühlbar werden, auch im Beamtenthum und im Heere. Die Zahl der vornehmen Herren, welche in der Armee hohe Kommandos nicht wegen erprobter Tüchtigkeit, sondern wegen ihrer Geburt erhalten, ist schon gerade groß genug, eine Mehrung solcher Befehlshaber, von deren Urtheil Schicksal und Leben unserer wackeren Soldaten abhängen soll, wird zum Nachtheil werden. Bei der schnellen Steigerung des Wohlstandes ist es schon jetzt sehr schwer, in den Offiziercasinos die alte Zucht und Einfachheit zu erhalten, für die Zukunft wird das nur möglich, wenn unsere Fürsten selbst unablässig ein gutes Beispiel der Einfachheit geben und den Regimentern die Gelegenheit nicht gewähren, in vornehmer Kameradschaft Geld auszugeben. Und wie im Heer und Civildienst, so wird auch im Volke ein höfisches und serviles Wesen sich einschleichen, das unserer alten preußischen Loyalität nicht eigen war. In Zeiten des Gedeihens werden die Deutschen wohl solchen Uebelstand ertragen können, wenn er auch vielen Einzelnen die Energie und Tüchtigkeit vermindert. Aber jede Einseitigkeit ruft auch ihren Gegensatz hervor, und durch unser Jahrhundert geht eine starke demokratische Unterströmung. Wird einmal durch große Unfälle und ein Mißregiment im Volke die Unzufriedenheit verbreitet, dann drohen auch den altheimischen regierenden Familien größere Gefahren. Schon jetzt sind unsere Fürsten in der Lage, gleich Schauspielern auf der Bühne zwischen Blumensträußen und lautem Beifallsklatschen begeisterter Zuschauer dahinzuwandeln, während in der Versenkung die vernichtenden Dämonen lauern u. s. w.

Dies und Aehnliches wurde lange verhandelt, nicht Alles zum ersten Male, denn schon während des Reichstags vom Jahre 1867 hatte der Kronprinz an stillen Abenden solcher bürgerlichen Auffassung über den fürstlichen Beruf Gehör geschenkt; auch diesmal hörte er nachsichtig zu und stimmte zuweilen bei, aber am Ende der langen Auseinandersetzung brach er lebhaft heraus: »Hören Sie an. Als ich während der französischen Ausstellung mit meinem Vater in Paris war, sandte Kaiser Napoleon die Anfrage: da der Kaiser von Rußland seinen Besuch angekündigt habe, so wünsche er von dem König zu erfahren, wie dieser es mit den Rangverhältnissen der hohen Gäste gehalten haben wolle, er, Napoleon, werde Alles nach dem Wunsche des Königs einrichten. Da antwortete mein Vater, »dem Kaiser gebührt immer der Vorrang.« – Das soll kein Hohenzollern sagen, und das darf für keinen Hohenzollern gelten,« schloß er heftig. Diese Worte gestatteten, tief in sein Gemüth zu sehen, er war erfüllt von dem fürstlichen Stolz, der das Höchste für sich begehrt, und höchste irdische Stellung war für ihn die unter der Kaiserkrone. So tief war diese Forderung in seinem Wesen begründet und so eng verbunden mit seiner Auffassung von fürstlicher Hoheit, daß alles weitere Einreden nichtig sein mußte.

Es sei gestattet, hier aus späterer Erfahrung einige Bemerkungen beizufügen. Zunächst, daß die Einwände, welche dem Kronprinzen auf dem Anger von Petersbach gemacht wurden, durchaus nicht die beste Berechtigung hatten, auch wenn man zugiebt, daß sie sämmtlich begründet waren. Denn die Aufgaben, welche dem ersten Herrengeschlecht Deutschlands in den Jahrhunderten *vor* der Einigung gestellt waren, blieben nicht ganz die alten, seitdem diese Einigung eine staatliche Form gewonnen hatte. Die Tüchtigkeit, zu welcher die preußischen Könige und ihr Volk durch eine enge und arme Zeit erzogen waren, mußte in der Neuzeit sich in anderen Formen gegenüber neuen Versuchungen bewähren. Und ferner ist es unmöglich, einen großen politischen Gedanken, welcher durch den Zug der Zeit und die hochgesteigerte Volkskraft zur That werden will, in vorsichtiger Abwägung der Uebelstände, welche seine Durchführung einzelnen Betheiligten bereiten mag, zurückzudrücken. Der Weise wird sich der Gefahr bewußt bleiben, aber dennoch eine Umwandlung, die sich nicht aufhalten läßt, auf sich nehmen, und der Kronprinz vertrat in der Sache das Richtigere, wie ihm auch die Sehnsucht darnach gekommen sein mochte.

Sein Gemüth war weich und warm, menschenfreundlich und opferbereit, und er gab da, wo er vertraute, mehr von seinem Wesen, als wohl ein anderer Fürst. Aber untilgbar haftete in seiner Seele die herkömmliche fürstliche Auffassung von Rang und Stand; wo er Veranlassung hatte, sich an seine eigenen Ansprüche zu erinnern, war er hochfahrender als andere seiner Standesgenossen, und wo er nicht gemüthlich stark angezogen wurde, oder durch volksthümliches Gebahren wirken wollte, betrachtete er die Menschen unwillkürlich nach den Abstufungen, welche die Monarchie auch denen zutheilen möchte, die nicht im Dienste stehen. Hätte ihm das Geschick eine wirkliche Regierung gegönnt, so wäre diese Eigenart wohl zuweilen befremdlich für die Zeitgenossen sichtbar geworden. Er scherzte gern über die feinen Unterschiede und Bedeutungen der preußischen Orden und Bänder, ihm selbst aber wäre es als eine ernste Sache erschienen, den unfertigen Schwanenorden, der durchaus nicht gelingen will, und Aehnliches einzurichten, was die Stufenleiter aller, die unter dem Regenten stehen, verlängert. Er hatte ein scharfes Auge für die Strebsamkeit Solcher, welche für sich Titel und äußere Auszeichnungen ersehnen, aber er selbst hielt die Zutheilung von Rang und Adel und die Standeserhöhungen für ein unveräußerliches Fürstenrecht und für einen sehr werthvollen Vorzug der Hoheit. Einzelheiten des Ceremoniells, Einrichtung von Festlichkeiten, bei denen der Fürst sich als Mittelpunkt prächtig darstellt, waren für ihn von Wichtigkeit, sein Banner und am Ende des Jahres 1870 die Erfindungen Stillfrieds, eigene neue Krone und neue Wappen für den Kronprinzen und für die Kronprinzessin, waren ihm ernste Angelegenheit. Aus dem fürstlichen Stolz erwuchs in der Seele des Kronprinzen die Idee des deutschen Kaiserthums, sie wurde ein heißer Wunsch, und ich meine, er ist der erste Urheber und die treibende Kraft für diese Neugestaltung. Für ihn waren die Bedenken, welche im Sommer 1870 kühl dagegen machen konnten, kaum vorhanden. Er traf bei seinem Verlangen auf den gleichen Wunsch bei einigen unserer hohen Herren, z. B. Baden, Koburg, welche auch die künftige Stellung der deutschen Fürsten und das friedliche Einleben derselben in den deutschen Staat bedachten.

Der Kronprinz hatte in jener Denkschrift für den Bundeskanzler sich enthalten, etwas von dem zu erwähnen, was ihm das Wichtigste war. Erst bei einer späteren persönlichen Zusammenkunft – die erste war am Nachmittag des 20. August, wo er in das große Hauptquartier nach Nancy gefahren war – hat er davon gesprochen, in Reims sagte er, daß Graf Bismarck den Gedanken zu wohlwollender Erwägung aufgenommen habe. Dem Schreiber dieser Zeilen ist völlig unbekannt, wie der Bundeskanzler damals über ein deutsches Kaiserthum dachte, und ob er diese künftige Krönung des neuen Staatsbaues für die richtige hielt, ich denke aber, daß er als Preuße gerade keine Begeisterung für solche prächtige Zugabe zu wirklicher Macht gehabt haben wird, und daß er als Staatsmann für unzweckmäßig gehalten hat, sich die Freiheit des Entschlusses durch irgend eine Verpflichtung zu beschränken, daß er aber den Herzenswunsch des Thronfolgers allmählich aufnahm und in seiner Weise möglich und durchführbar machte, als die Ereignisse ihm die Ueberzeugung gaben, daß diese Lösung der Schwierigkeiten die verhältnißmäßig beste sei. Jedenfalls war er es, der dem Gedanken, so weit er ihm zweckmäßig erschien, zum Leben verholfen hat. Der Kronprinz aber bewahrte die Auffassung, daß die neue Kaiserwürde nur dann die rechte Weihe erhalte, wenn sie als Fortsetzung jener alten römisch-kaiserlichen Majestät betrachtet werde, und er war es, welcher bei der Eröffnung des ersten deutschen Reichstages 1871, zum Erstaunen der Abgeordneten, den uralten Stuhl der Sachsenkaiser in die moderne Eröffnungsfeier hineinschob. Dieser Vorfall veranlaßte einen Artikel in der Zeitschrift »Im neuen Reich«. Als der Kronprinz diesen gelesen hatte, sagte er in seiner milden Weise »den hat F. gegen mich geschrieben, aber ich kann mir nicht helfen.« Bei späterer Begegnung hatte er die Huld zu bemerken: »Ich denke nicht mehr so.« – Dennoch kam er von derselben Auffassung nicht los. Wenigstens war in schmerzvoller Zeit noch einmal von einer römischen IV die Rede, welche hinter der ersten Unterschrift des neuen Kaisers gestanden haben soll, und die der Erinnerung an Kaiser Friedrich III., den Vater Maximilians I., ihren Ursprung verdankt.

2. Bis Ligny

Zu den liebenswerthesten und bedeutendsten Männern unseres Hauptquartiers gehören die beiden Generalärzte Böger und Wilms.

Ihre Kraft wurde nach den furchtbaren Verlusten der Schlacht bei Wörth in einer Weise in Anspruch genommen, die nur eine ungewöhnlich starke Natur zu ertragen vermag, auch eine solche nur in einer Zeit der höchsten Begeisterung. Tag und Nacht mit den gefährlichsten Operationen, die ihnen persönlich zufielen, beschäftigt, unter dem Blut und Stöhnen Sterbender, zwischen einer fast unabsehbaren Menge von Verwundeten, deren Bewahrung, Pflege, Heilung sie zu überwachen hatten, bewahrten sich beide Männer die überlegene Ruhe, den Lebensmuth und eine Art von erhabener Heiterkeit, welche dem Hülflosen Verwundeten zuweilen nicht weniger wohlthätig ist, als die geschickte Hand des Arztes. Beide Männer, innig befreundet, von sehr verschiedenem Wesen, Böger mit feuriger Energie, kurz entschlossen, zum Befehlen geboren, und neben ihm Wilms, in vornehmer Haltung, ein stiller Beobachter, mit mildem Ausdruck der schönen Augen und seiner Laune, – wurden im Hauptquartier sehr bald mit großer Hochachtung und Zuneigung betrachtet. Auch der treue Gesell Bleibtreu, der Maler, welcher im leichten Sommerröckel ins Feld gezogen war, um für seine Schlachtenbilder zu sammeln, trug den langen Kapuzenmantel, den die beiden Aerzte für ihn in einem französischen Laden kauften und den ihm Böger feierlich mit humoristischer Ansprache überreichte, seitdem beharrlich und mit besonderem Stolz bei jedem Wetter.

Nicht so günstig ist die Stellung anderer warmherziger Herren, welche das Heer mit menschenfreundlichen Absichten begleiten, der Johanniter und Malteser. Es war kein glücklicher Gedanke, daß man im Jahre 1811, in einer Zeit, welche für Preußen die höchste Anspannung des gesummten Volkes nöthig machte, einen abgelebten Ritterorden als ein besonderes Recht des Adels neu einrichtete. Von da hatte der Orden durch ein Menschenalter thatlos und ruhmlos bestanden, man sagte ihm in dieser Zeit nach, daß jeder Herr von alter Familie gegen Zahlung einer gewissen Summe die Ordensdecoration erhalten könne, und es war natürlich, daß Solche, welche durch ihre Geburt ausgeschlossen waren, ohne jede Zuneigung nach ihm hinsahen. Um ihn der unleugbaren Mißachtung zu entheben, wurde 1852 in einer Zeit kraftloser Reaction das Statut geändert und die mittelalterliche Idee des ritterlichen Spitals heraufgeholt, die ihn zu einem Orden der Wohlthätigkeit machen sollte. Aber der Versuch blieb lange schwächlich, die kleine Einkaufsumme und der Jahresbeitrag von einigen Thalern boten für größere Hospitalwirksamkeit keine genügende Grundlage. Erst seit Preußen unter König Wilhelm seine siegreichen Kriege begann, wurde der menschenfreundliche Drang zu helfen unter den Ordensrittern stärker. Ansehen und Beliebtheit des Ordens wurden dadurch nicht wesentlich vergrößert, er blieb in dem modernen Leben eine fremdartige, nicht mehr zeitgemäße Verbindung. Alle Orden und Ehrenzeichen, welche der Herrscher in einem Staate der Neuzeit zu ertheilen hat, sollen Anerkennungen des persönlichen Verdienstes um den Staat oder um die Person des Monarchen sein. Dieser Orden aber hat zu letzter Voraussetzung, daß der Empfänger in einem gewissen kleinen Kreise der Staatsangehörigen geboren wurde. Wir finden es in der Ordnung, daß der Mann von Adel mit Befriedigung auf eine lange Reihe tüchtiger Vorfahren zurückschaut. Wenn der Stolz auf die Vergangenheit seines Geschlechts ihm selbst Gewissen und Charakter festigt und ihn von unehrenhaftem Thun abhält, so werden wir auch diesen Stolz als eine Quelle sittlicher Kraft zu ehren haben, und wenn der Adlige sich mit Männern seines Geschlechts oder mit andern seinesgleichen für gesellschaftliche oder gemeinnützige Zwecke zusammenbindet, so werden die Ausgeschlossenen kein Recht haben, ihn deshalb zu tadeln, und sie mögen sich begnügen zu lächeln, wenn in solcher Vereinigung einmal Wunderliches sichtbar werden sollte. Auch wenn die Staatsregierung den Mitgliedern einer solchen Vereinigung gestattet, bei ihren Zusammenkünften ein Abzeichen zu tragen, welches zugleich Erinnerung an eine alte Genossenschaft von geschichtlicher Bedeutung ist, so wird dagegen ebenso wenig einzuwenden sein, als gegen die Abzeichen, welche die Freimaurer in ihren Logen tragen. Aber einen sehr berechtigten Widerspruch würde es erregen, wenn ein fürstlicher Großmeister die Abzeichen seiner Logen den Brüdern als einen Staatsorden ertheilen ließe. Und doch ist die letzte Vorbedingung für Aufnahme in die Verbindung der Maurer neben persönlicher Ehrenhaftigkeit des Aufzunehmenden sein Sinn für Bildung, Humanität, religiöse Duldsamkeit, die letzte Vorbedingung für Aufnahme in den Johanniter-Orden, außer der persönlichen Ehrenhaftigkeit, daß Mutter und vielleicht Großmutter des Aufzunehmenden in einer adligen Wiege gelegen haben. Die Voraussetzungen des Freimaurerordens haben ohne Zweifel immer noch die bessere Berechtigung.

Denn die Ertheilung eines Ordens, welcher nach der Auffassung des Volkes dafür belohnt, daß der Beliehene von adligen Eltern stammt, nährt im Volke die Befürchtung, daß das Volk in den Augen seiner Fürsten zweitheilig sei und daß nach fürstlicher Auffassung einer Minderzahl mit Adelstiteln neben der Hoffähigkeit und den Hofämtern, also neben dem Tagesverkehr mit dem Herrscher, auch die obersten und einflußreichsten Stellen im Heere und Beamtenthum zustehen sollen. Daß solche stille Theilung in Regenten und Regierte in Zeiten froher Sicherheit und erfolgreicher Kraftentwickelung ohne lauten Widerspruch ertragen wird, ist wahr, aber sie bleibt eine Schwäche der Monarchie und sie kann in harter Zeit eine Gefahr für das monarchische Leben des Staates werden, weil sie unsere Herrscher, die ohnedies in den Anschauungen adeliger Kreise erzogen sind, in unablässige Gefahr setzt, durch den Einfluß dieser Einwirkungen an Freiheit und Unbefangenheit des Urtheils zu verlieren.

Wenn aber in Friedenszeit der Johanniter-Orden immer noch mit einem gewissen Humor betrachtet werden kann als eine von den Seltsamkeiten, die uns aus anderen Culturzuständen geblieben sind, so steht er ungünstiger gerade da, wo die ritterlichen Herren, welche ihm angehören, gewissermaßen beim Zeitgeist um Entschuldigung bitten, durch seine Thätigkeit im Kriege. Möge man diese Behauptung nicht befremdlich finden. Der Orden thut in diesem Kriege Manchem gut und wahrscheinlich werden viele unserer Offiziere dereinst mit warmer Dankbarkeit an die reichliche Ausstattung, die gute Kost, die freundliche kameradschaftliche Pflege, die sie in Ordensspitälern gefunden, zurückdenken. Auch hat der Orden die Gemeinen nicht ganz ausgeschlossen, natürlich nicht, aber er ist nach seiner Tendenz und seinen Einrichtungen vorzugsweise für die Offiziere angelegt. Dies aber ist kein Vortheil für die Krankenpflege des Heeres. Der deutsche Offizier ist, wir dürfen das mit frohem Stolz sagen, seinen Untergebenen ein Vorbild für Ehre und Tüchtigkeit, er geht ihnen voran in die Gefahr, an seinem Auge und seiner Stimme hängen in den Stunden des Kampfes hundert Leben. Er ist im Felde nicht allein der Gebieter, ebenso der beste, sorglichste Freund seiner Soldaten. Er soll sich auch auf dem Krankenlager als Verwundeter in den Tagen des bittersten Leidens nicht von seiner Mannschaft trennen. Wer gesehen hat, mit welcher Angst und Hingabe der Soldat im Felde nach seinem Offizier blickt, der wird begreifen, welchen Werth für den Verwundeten und Leidenden die Nähe seines Führers hat. Er ist ihm bei dem bittersten Schmerz, in der Zeit elender Abspannung eine Bürgschaft, daß auch der Kriegsherr des Heeres die Treue, die der Soldat ihm bewiesen, dem Soldaten gegenüber bewahre. Die Verwundeten werden ihrem Offizier, der unter ihnen liegt, Alles, was die Armen vermögen, zu Liebe thun. Sie werden es ganz in der Ordnung finden, daß er zuerst verbunden wird, den ersten Trunk Wasser erhält und die beste Stelle für seinen kranken Leib. Aber er soll bei ihnen bleiben und unter ihnen aushalten. Wenn die Krankenträger der Johanniter kommen und ihn forttragen, wie die Mannschaft wohl weiß, auf ein weicheres Lager, in sorgfältigere Pflege, unter Seinesgleichen, fort von ihnen, so legt sich nicht nur Muthlosigkeit auf die Zurückbleibenden, die sich wie Verlassene und schlechter Behandelte vorkommen, sondern noch ein anderes Gefühl, das der Entfremdung und des Neides. Deshalb sind der Mannschaft gegenüber die Offizierlazarethe im Felde kein Vortheil. Und man wende nicht ein, daß auch das Leben des Offiziers verhältnißmäßig kostbarer sei, und daß man loben müsse, wenn mehr für seine Erhaltung gethan werde, als für die der Gemeinen. In der großen Mehrzahl der Fälle sind nach dieser Richtung die Vortheile der reichlicheren Ausstattung vornehmer Lazarethe nicht wesentlich, und einzelne Ausnahmen werden sich immer ihr Recht fordern. Ferner aber ist die Sonderstellung, welche die Johanniterlazarethe unter Befehl und Verwaltung von Ordensrittern und den von diesen abhängigen Gehülfen wenigstens bis jetzt haben, nicht die richtige. Alle Heilanstalten einer Armee müssen völlig und unbedingt unter dem Befehl des Generalarztes stehen. Er muß nicht nur Lager, Pflege und Kost überwachen, sondern auch den Befehl über das gesammte Lazarethpersonal haben. Sonst geschieht neben ihm und hinter seinem Rücken allerlei Unzweckmäßiges. Am wenigsten aber wird die Krankenzucht in einem Lazarett gedeihen, wenn andere Anspruchsvolle, die sich als Besitzer und Verwalter betrachten, neben dem Arzt stehen und von ihm wohl gar noch besondere Beachtung ihrer Person und Ansichten beanspruchen. Die Kriegsrüstung für einige hundert Betten ist zwar ein Beitrag zur Krankenpflege eines Völkerkrieges, aber nur ein sehr kleiner Theil des Nöthigen.

In dieser Woche kam der englische Korrespondent Russel mit dem jungen Herzog von Sutherland im Hauptquartier an. Er wurde als Engländer von dem Kronprinzen mit einer Auszeichnung behandelt, die im Gegensatz stand zu der Nichtachtung, welche bei uns den zugewanderten Berichterstattern deutscher Blätter zu Theil geworden war. Denn diese treuen Knaben thaten damals fast sämmtlich ihre Pflicht unter großen Beschwerden. Da das Benehmen der Engländer im Hauptquartier nicht gefiel und ein Theil der englischen Zeitungen, die uns zugingen, keineswegs eine freundliche Auffassung der deutschen Sache bewies, so war nicht zu verwundern, daß Alle, von denen man annahm, daß sie mit England in Verbindung standen und dorthin Briefe schrieben, mißtrauisch betrachtet wurden. Auch die Stellung des Herzogs von Augustenburg, dessen Bruder seit vier Jahren mit der Prinzeß Helene von England vermählt war, wurde dadurch unbehaglicher, als sie ohnedies seit dem Tage seiner Ankunft war. Der wackere Herr hatte im Juli jenen bekannten Brief an Duplat geschrieben, worin er nicht nur sich, auch den Herzogthümern das Recht auf Unabhängigkeit von Preußen vorbehielt, jetzt war er in baierischer Generalsuniform, die er bei Beginn des Krieges von Baiern erhalten hatte, in das Hauptquartier des Kronprinzen gekommen. Er hatte die Absicht gehabt, bei den Baiern zu bleiben, doch dies war ihm verleidet worden. Natürlich waren die Preußen des Hauptquartiers ihm gegenüber in schwieriger Lage, und gar nicht geneigt, ihn unbefangen und gerecht zu beurtheilen, obgleich es kein Zweifel ist, daß gerade dieser hohe Herr in seiner peinlichen Gewissenhaftigkeit jede Mittheilung in die Fremde vermieden hat, die er für nachtheilig halten konnte. Unleugbar waren die vertraulichen Nachrichten, welche aus dem Hauptquartier nach England liefen, eine Schwierigkeit, aber eine unvermeidliche. Der Kronprinz selbst schrieb jeden Tag an die Gemahlin nach Homburg, und der Aufbruch des Hauptquartiers wurde manchmal etwas verzögert, weil ihn dieser Briefwechsel noch in Anspruch nahm. Ebenso schrieb Prinz Ludwig von Hessen von seiner Division an seine Gemahlin, die Prinzessin Alice.

Auch Prinzeß Alice war in ihrem Herzen während dieses ganzen Krieges – was aus dem herausgegebenen Text ihrer hinterlassenen

Briefe nicht zu erkennen ist – eine tapfere deutsche Frau, und es wird eine Ehrenpflicht, dies der verstorbenen Fürstin nachzurühmen, deren hochsinnige Freundschaft die letzten trüben Lebensjahre eines großen deutschen Gelehrten verklärt hat. Beide hohe Frauen in leidenschaftlicher Sorge um das Wohl und Leben der Geliebten, schrieben wieder an ihre erlauchte Mutter und die Familie nach London. Und gerade wie die Fürstinnen war auch die nächste Umgebung derselben eifrig im Briefschreiben. Wie konnten die Schreibenden jedesmal beurtheilen, ob das Geheimhalten irgend einer Neuigkeit von militärischer Wichtigkeit war? Vollends in England wog die Verpflichtung leicht, solche Nachrichten als Geheimniß zu bewahren. Was über den Kanal ging, konnte wenige Stunden darauf wieder in Briefen nach Frankreich befördert werden. So war natürlich, daß die Franzosen auf dem Wege über England allerlei von unserem Heere erfuhren, was besser geheim geblieben wäre. Wir haben auf demselben Wege auch allerlei über die Franzosen erfahren.

Da in der letzten Zeit der Name des englischen Botschafters in Petersburg, Morier, mit einer solchen den Franzosen zugegangenen Nachricht von der deutschen Presse in Verbindung gebracht worden ist, so sei erlaubt, auch darüber eine Ansicht auszusprechen. Morier war im Jahr 1870 von allen Engländern im auswärtigen Dienst wohl der, welcher die deutschen Verhältnisse am genauesten kannte und die aufsteigende Kraft Preußens am richtigsten würdigte. Damals in der That so gut deutsch als einem strebsamen Diplomaten und Engländer nur möglich ist. Als ein jüngerer Verwandter des humoristischen Schriftstellers, dem wir unübertreffliche Schilderungen persischer Charaktere und Zustände verdanken, war er auch in Deutschland gut empfohlen, als unverwüstlicher Gesellschafter und Mann von Geist und heiterer Laune beliebt. Er hatte in jener Zeit den Ehrgeiz und die Hoffnung, seine Laufbahn als englischer Gesandter in Deutschland zu machen, und es ist wohl möglich, daß er diesen Wunsch durch die Gunst des jungen Hofes in Berlin zu fördern vertraute. Bei solcher Rechnung war ein Fehler, den der scharfsichtige Mann nicht erkannte. Keinem Minister kann der fremde Diplomat willkommen sein, welcher außer den amtlichen Beziehungen noch intime persönliche Verbindungen mit den Fürsten selbst unterhält. Das ist in England gerade ebenso wie in

Deutschland unleidlich, und die Abneigung dagegen ist ganz in der Ordnung, und einem fremden Diplomaten gegenüber im besten Interesse des Staates. Wenn es also wahr ist, daß Fürst Bismarck die Ernennung Morier's zum englischen Gesandten in Berlin nicht gewollt hat, so wäre solche Abweisung in den Verhältnissen durchaus begründet gewesen. In England konnte Morier die Hindernisse, welche ihm das persönliche Vertrauen der Königin in einzelnen Familienangelegenheiten gegenüber dem englischen Ministerium vielleicht bereitete, wohl überwinden, nicht bei uns.

Auf der anderen Seite aber war gerade Morier im Jahre 1870 durch persönliche vertraute Beziehungen, durch seine Einsicht, und vor Allem durch die Rücksicht auf seinen eigenen Vortheil nicht in der Lage, dem Heere der Franzosen gute Erfolge zu wünschen, auch besagen die Worte des Marschalls Bazaine, daß ihm eine gewisse Nachricht durch den englischen Gesandten in Darmstadt zugekommen sei, noch nicht, daß der Gesandte selbst durch Zwischenpersonen oder unmittelbar ihn benachrichtigt habe. Wir Deutsche sind also nach den der Öffentlichkeit vorliegenden Angaben nicht genöthigt, dem Engländer im Jahre 1870 eine grobe Pflichtverletzung zuzutrauen.

Der viertägige Aufenthalt in dem schönen Nancy vom 16. bis 20. August wurde unserem Hauptquartier durch die Nachrichten über die Kämpfe vor Metz verdüstert. Die Franzosen, welche den Kronprinzen inmitten seiner Getreuen an den Abenden dieser Tage vor dem Hotel de France beobachten konnten, durften sich wohl dem Wahne hingeben, daß die Fremden über große Niederlagen zu trauern hatten.

In Wahrheit werden unsere Siege den Franzosen die Civilisation bringen und die Vorsehung hat das edle deutsche Blut, das auf den Schlachtfeldern Frankreichs dahinrinnt, unter anderem auch dazu erkoren, unseren Feinden zugleich mit der Achtung vor unserer militärischen Ueberlegenheit die Nothwendigkeit allgemeiner Dienstpflicht für Frankreich in die Seele zu schlagen. Mit dieser höchsten und edelsten Form des Kriegsdienstes hört die Möglichkeit frecher Eroberungskriege und der Wahnsinn militärischer Eitelkeit, dies widerliche Leiden der Franzosen, ganz von selbst auf. Sobald der Stoff des französischen Heeres so kostbar wird wie der unsere, sobald der Sohn des Senators und Bankiers von Paris als Gemeiner neben dem Arbeiter von St. Antoine im Gliede steht, wird das freche Gesindel, welches die öffentliche Meinung Frankreichs jetzt erregt, an Macht verlieren, und die Familiengefühle der anständigen Leute werden in der Politik mitsprechen. Allgemeine Wehrpflicht macht nicht nur im Kriege stark, sie macht eine Nation auch im Frieden friedfertig.

Am 20. früh eilte der Kronprinz von Nancy in das große Hauptquartier bei Metz, um den Vater zu begrüßen. Es war ein bewegtes Wiedersehen ohne Zeugen. Der König sprach zuletzt seine Freude aus, daß er vor allen Andern dem Sohn das eiserne Kreuz dieses Krieges verleihen konnte, zuerst die zweite, jetzt die erste Klasse; der Kronprinz antwortete dankend, daß er das Kreuz nicht tragen könne, wenn nicht dem General v. Blumenthal dieselbe Auszeichnung zu Theil werde. Dies ist geschehen. Im Laufe des Nachmittags sprach der Kronprinz noch den Grafen Bismarck, und fuhr dann über Nancy neun Meilen bis nach Vaucouleurs.

Dort war am 22. August die Trauer des theuren Herrn über die großen Verluste des 16. und 18. August noch sehr groß und sie wird durch neue Nachrichten über den Tod guter Bekannten verschärft. Seine nächste Umgebung, Mischke und Andere, haben harten Stand gegen die Schwarzseher im Hauptquartier, welche Uebles vorhersagen, entweder, weil sie sich gruseln wollen, oder weil ihnen einige Schlappen Preußens zwar schmerzlich, aber doch nicht unwahrscheinlich sein würden. Der Flug unserer dritten Armee über die Vogesen trieb das Heer Mac Mahon's westwärts; die Armee des Kaisers und Bazaine's wurde in den Schlachttagen des 14., 16., 18. August durch die erste und zweite Armee von Paris abgedrängt und in Metz eingeschlossen. Diese beiden Operationen haben nicht nur die französische Armee in zwei weit getrennte Stücke zerrissen, sie haben auch im Vormarsch die Vereinigung der drei deutschen Armeen so weit bewirkt, als für Tage der Entscheidung nöthig wird. Schon bei diesen Kämpfen hat sich die sichere Ueberlegenheit unserer höchsten Anordnungen erwiesen. Während unser Generalstab die Kunst versteht, die freie Bewegung der Heertheile für Marsch und Verpflegung zu erhalten und doch für die Schlacht die Massen auf einem Punkt zu vereinigen, standen die Franzosen in jedem der beiden Theile ihres Heeres eng massirt, gehindert in Bewegung und

Aufstellung, und Bazaine, der sich tapfer schlug, wurde an jedem der drei Schlachttage von Metz in dem mühevollen Versuch, Stellungen zu gewinnen und sich aus unhaltbaren Stellungen loszuwickeln, überrascht.

Jetzt am 23. liegt zu Ligny über dem Hauptquartier eine Wolke, die Kränklichkeit des lieben Herrn Böger giebt Hoffnung, daß es schon morgen besser sein werde.

Am Abend war ich mit dem Kronprinzen allein, er lag auf seinem schmalen Feldbett, das er sich in jedem Quartier aufschlagen ließ. Vor ihm auf dem kleinen Schreibtisch standen so, daß sein Auge darauf ruhen konnte, die Photographien der Kronprinzessin und seiner Kinder. Er sprach sogleich von den Seinen daheim, von der Natur seiner Kinder, wie sich jedes entwickele, von dem Schmerz über die verlorenen. Sein Auge wurde feucht, und das Antlitz war durch Liebe und Schmerz verklärt. Sein Wesen so warm und wohlthuend, daß es auch den Hörer weich machte. Dann begann er über seine Gemahlin zu sprechen, voll von zärtlicher Hingabe. Er rühmte ihr reiches Wissen und ihren Geist, zu dem er immer aufsehen müsse, und klagte, daß eine solche Frau nicht überall nach ihrem Werth Anerkennung finde, und man empfand, wie wohl es ihm that, von der zu reden, an die er immer dachte. Als er nun auf Anderes überging und zuletzt die Huld hatte, auch von meiner literarischen Thätigkeit zu sprechen, so erzählte ich ihm, daß manche Eindrücke der Reise während der langweiligen Colonnenfahrt des Hauptquartiers mir die Idee zu einem neuen Roman gegeben haben (desselben, der später unter dem Titel »Die Ahnen« den Lesern zugemuthet worden ist), und ich berichtete ihm unbehülflich, wie ein Schriftsteller über das zu reden pflegt, was gerade in seiner Seele Gestaltung gewinnt, von dem Plan und Inhalt der ersten Erzählungen.

Er hörte mit gütigem Antheil zu, zuletzt erhob er den Oberleib vom Lager, sah aus wie Jemand, dem ein guter Gedanke gekommen ist, und frug: »Ist es nicht auffällig, daß der Kronprinzessin so wenig deutsche Bücher gewidmet werden, die der Mühe werth sind? Wenn Jemand von uns, verdient doch sie solche öffentliche Anerkennung,« – Darauf bat der künftige Verfasser der Ahnen um Fürwort bei der Kronprinzessin, wenn er einst die Bitte um Bewilligung einer Widmung aussprechen werde. Der Herr sah mich beistimmend an und legte sich zufrieden wieder zurück. Jede Huldigung, selbst die kleinste, die der angebeteten Frau zu Theil wurde, war für ihn eine Sache von Bedeutung.

Denn seine Hingabe und Unterordnung unter die geliebte Frau war eine völlige. Diese Liebe war das Höchste und Heiligste in seinem Leben, das ihn ganz erfüllte. Sie war die Herrin seiner Jugend, die Vertraute aller seiner Gedanken, seine Rathgeberin, überall, wo sie Rath zu geben geneigt war. Anlage der Gärten, Schmuck der Wohnung, Erziehung der Kinder, das Urtheil über Menschen und Ereignisse, Alles richtete er nach ihrer Persönlichkeit. Wo er ihr einmal nicht ganz folgen konnte, oder wo sein innerstes Wesen ihrer Forderung widersprach, war er tief unglücklich und unzufrieden mit sich selbst. Sie war aus größeren Verhältnissen zu ihm gekommen, hatte mit reichen Anlagen, schnellfassendem und hochfliegendem Geist, als Lieblingskind ihres Vaters, ihren geistigen Inhalt aus einem weit umfangreicheren Gebiet von bildendem Stoff erhalten. Durch glückliche Jahre hatte sie mit Eifer und zuweilen mit Geduld dahin gearbeitet, in der Seele des Gemahls die Interessen groß zu ziehen, die ihr am Herzen lagen, und er empfand in seinem einfachen, lauteren Gemüth, was in ihm lebendig geworden war, als ihr Werk. Ihm war, als hätte er erst durch sie sehen, fühlen, das Wahre erkennen, das Schöne genießen gelernt. Es war leicht zu verstehen, daß solche Herrschaft einer Frau dem Manne, dem künftigen Regenten von Preußen, Schwierigkeiten und Kämpfe zu bereiten drohte, größere vielleicht der Frau selbst, welche da führte und hob, wo es dem Weibe Bedürfniß ist geleitet zu werden.

Der Kronprinz sprach gegen mich Bedauern aus, daß die Anwesenheit des Herzogs von Augustenburg und die baierische Uniform desselben unter den Preußen des Hauptquartiers so große Mißstimmung errege. Ich mußte erwidern, daß der erlauchte Herr wohl richtiger gehandelt hätte, wenn er bei einem baierischen Corps geblieben wäre, oder wenn er dahin zurückgehe, und der Kronprinz äußerte zuletzt, er wolle mit dem Herzog darüber reden. Indeß scheint dies nicht geschehen zu sein.

Am 24. August kam der König zu einem Besuch in das Hauptquartier der dritten Armee. Der König war heiter und gegen alle gnädig. Als er den Herzog von Augustenburg sah, frug er den Kronprinzen: »Wer ist dieser baierische General?« Auf die Antwort stutzte er einen Augenblick, dann trat er zu dem Herzog und sprach wenige Worte; beide befangen.

Da ich nicht zu der Staffel des Herzogs und nicht zu seinen Vertrauten gehörte, so sah ich ihn selten. Als wir aber während der Schlacht von Sedan am Rande des Höhenvorsprunges bei Donchery auf dem Boden saßen und nach den letzten Kämpfen der siegreichen Schlacht ausspähten, hörte ich plötzlich neben mir die Stimme des Augustenburgers, der zu mir gewandt in tiefer Bewegung sagte: »Eine solche Stunde ändert die Gedanken des Menschen und legt neue Pflicht auf.« Es war zu verstehen, was der Herzog meinte. Im Jahre 1867, während des Reichstags, war im Auswärtigen Amt guter Wille gewesen, die Differenzen, welche nach dem Erwerb von Schleswig-Holstein mit dem Herzog bestanden, auszugleichen, und ich war veranlaßt worden, darüber und über mögliche Bewilligungen dem Herzog von Gotha eine Mittheilung zu machen, und diesen zu ersuchen, daß er die Vermittlung übernehme. Damals hatte der Herzog von Augustenburg sehr bestimmt Alles abgewiesen. Jetzt wurden die Sinnesänderung des Herzogs und die bedeutsamen Worte durch einen Bekannten an die geeignete Stelle im großen Hauptquartier getragen, damit dieser große Tag auch den Kronprinzen und den Herzog von Augustenburg aus unbequemen Verhältnissen befreie. Doch das Auswärtige Amt war jetzt nicht in der Lage, die frühere Bereitwilligkeit zu zeigen, und die Versöhnung, welche vielleicht der König, mehr noch der Kronprinz zu wünschen Ursache hatten, vollzog sich erst später. Dem redlichen Herrn aber, welcher von seinem guten Recht gegenüber Preußen fest überzeugt war und sich als Opfer einer selbstsüchtigen Politik betrachtete, soll hier zum Angedenken nachgesagt sein, daß es nicht berechnende Klugheit war, welche ihm den Verzicht auf das eingab, was er für sein höchstes, von den Ahnen empfangenes Recht hielt, sondern die Begeisterung eines treuen Deutschen über den Sieg seiner Landsleute und der Gedanke, daß an diesem großen Tage auch er für Deutschland sein Liebstes zum Opfer bringen müsse.

3. Bis Reims

Bazaine war in Metz eingeschlossen, der Kronprinz unserem größeren Heere voran auf der geraden Straße nach Paris, Mac Mahon, wie wir meinten, ebendahin im Rückzuge. Da kam am 24. August Mittags nach Ligny, gerade als der Kronprinz die Ankunft des Königs erwartete, von Chalons die Nachricht, daß der Marschall die Stellung bei Chalons verlassen habe und nordwärts ziehe. Bald gaben aufgefangene Briefe und zuverlässige Nachrichten Gewißheit, daß Mac Mahon vom Norden her zu Bazaine durchzudringen suche. Sofort wurden die deutschen Heere neu gerichtet. Prinz Friedrich Karl hielt Metz eingeschlossen. Unter dem Oberbefehl des Königs zog das übrige Heer gegen Norden, der Kronprinz mit dem sechsten, fünften, elften Corps, den Baiern und Würtembergern als linker Flügel und Centrum, der Kronprinz von Sachsen mit der Garde, dem zwölften und vierten Corps als rechter Flügel. Durch diese Anordnungen wurde nur ein Tag Aufenthalt verursacht, Alles ward mit wundervoller Schnelligkeit entworfen und ausgeführt, und dennoch war zu besorgen, daß Mac Mahon einen Vorsprung gewonnen habe, der seine Umstellung vereiteln werde. Es wurde marschirt, wie nie ein großes Heer auf der Verfolgung marschirt ist, die Verpflegung war auf das Aeußerste erschwert, die Truppen eilten aus einem Biwak in kalten Nächten zum andern, den Tag vier bis sechs Meilen bald im Regen, bald im weißen Kalkstaub der übrigens meist vortrefflichen Wege. Alles drängte mit größter Spannung vorwärts.

Am 28. August stießen unsere Vortruppen bei Vougiers wieder auf den Feind. Dieser wich jedoch und überließ eine Position nach der andern. Bei Stonne-Beaumont und Mouzon hielt er am 30. in starker Stellung und schien den Kampf aufnehmen zu wollen, auch hier wich er nach ernstem Gefecht nordwärts. Der gerade Weg nach Paris war ihm versperrt, statt westwärts auszuweichen, zog er hinter die Linie der Maas, seine letzte Position, im Rücken bereits die belgische Grenze.

Am 31. August sahen Offiziere unseres Hauptquartiers auf den Höhen hinter Sedan elf mächtige Biwaklager, die Rast eines großen Heeres, und Erbprinz Leopold von Hohenzollern brachte eine Aufzeichnung derselben, die er auf gutem Beobachtungspunkt gezeichnet, in unser Hauptquartier. Am Tage zuvor hatte ein Landmann, der uns im Freien begegnete, erzählt, daß er den Kaiser auf der

Höhe von Stonne neben Mac Mahon gesehen habe. Die Entscheidung stand bevor.

Das Hauptquartier des Kronprinzen war am 31. August zu Chemery. Im Morgengrau des 1. September begann der Vormarsch unseres Heeres über die Maas, die Baiern hatten das Centrum, voran ihr erstes Corps v. d. Tann, links von ihnen zog das elfte und fünfte Corps zur Schlacht, die Würtemberger noch weiter links zur Seite. Auf dem rechten Flügel zunächst dem Feinde die Sachsen, daneben die Garde, auf ihrer Seite das vierte Corps als Reserve. Weiter zurück nach Westen stand als allgemeiner Armeerückhalt das tapfere sechste Corps, unzufrieden, daß es noch nicht im ersten Gefecht gewesen war. Ein dichter Nebel lag über der Erde. Der graue Dampf barg die Bewegungen der Truppen, deren endlose Reihen gleich riesigen Schlangenleibern im Dämmer nordwärts zogen. Um hohe Baumgruppen und das Gehölz auf den Hügeln hing im ersten Frühschein zerrissenes Nebelgespinnst, auf den Tiefen lag der Nebel dick und wirbelte aufwärts. Ueberall am Wege schimmerten die verlassenen Biwakfeuer, in der Ferne Glühwürmern ähnlich durch Dampf und Rauch sichtbar. Wie Lastzüge unsichtbarer Eisenbahnen schütterten und dröhnten die Colonnen auf den Heerstraßen, aber Fußvolk, Reiter und Geschütz tauchten erst nahe dem Beschauer aus dem Dampf hervor und schwanden wieder dahin, vom Dunst umhüllt. Auch die aufsteigende Sonne warf nur ein mattes Licht über eine verschleierte Landschaft, man sah hier hellere Häusergruppen neben spitzen Kirchthürmen, einen dunklen Bergwald, eine alte Warte und die weißen Linien der Landstraßen, welche zur Maas führten.

Nach einem Wege von einer Meile hatte der Kronprinz den nördlichen Vorsprung eines langen Waldhügels erreicht, welcher ziemlich steil gegenüber Donchery zur Maas abfällt, dort nahm er auf einem Vorsprung Stellung, seinen Theil der Schlacht zu leiten; etwa tausend Schritt östlich auf dem nächsten Vorsprung desselben Hügels war der Standpunkt des Königs und des großen Hauptquartiers. Wer von diesen Höhen nordwärts umschaute, der fand sich vor dem anmuthigen Bild einer reichbebauten Hügellandschaft, im milden Morgenscheine lag sie da mit ihren Flußkrümmungen, sanft geschwungenen Höhenzügen, Gehölz und Wiesenflächen, wie eine fröhliche Malerarbeit. Vorn unten die Maas, welche gerade vor dem

Beschauer in einem langgezogenen parabolischen Bogen nach Norden ausbiegt, nach Süden zurückkehrt, um westwärts weiter zu fließen, dahinter, fast vor den Füßen des Beschauers, die Schieferdächer, der spitze Thurm und einige Fabrikgebäude des Städtchens Donchery, und zur Seite rechts die kleine alte Festung Sedan, beide Städte durch den Wiesengrund einer langen Landzunge geschieden, welche von jener Einbuchtung der Maas gebildet wird. Hinter Sedan hebt sich der Ardennerwald in mehreren Höhenzügen bis zu der belgischen Grenze. Oestlich von Sedan streichen die Höhen weiter südwärts bis zur Maas herab, welche von Südosten her auf Sedan zufließt.

Um 5 Uhr früh eröffneten die Sachsen auf dem rechten Flügel den Angriff. Fast zu gleicher Zeit die Garde und noch vor ihnen das erste Corps der Baiern. Die Sachsen hatten langen Weg und harten Kampf, auch die Baiern verwendeten Bataillon auf Bataillon in grimmigem Dorfgefecht. Die Hauptstellung der Franzosen war nördlich von Sedan in dem waldigen Hügelgelände, welches durch die Dörfer Floing, Illy, La Chapelle und Villers begrenzt, in der Mitte durch die Thalsenkung des Dorfes Givonne geschnitten wird. Die Kämme und Abhänge dieses Bergreviers waren durch ihre Geschütze besetzt. Während Sachsen, Garde und Baiern den linken Flügel dieser Stellung angriffen, Batterien gegen Batterien setzten, nach überlegener Feuerwirkung den Feind im Infanteriegefecht drängten und sich langsam, in harter Arbeit und, wie sie selbst meinten, lange mit unsicherem Erfolg in den Thälern vorwärts schoben, waren das elfte und fünfte Corps und die Würtemberger westlich von Donchery über die Maas gegangen; sie zogen ihre Schlangenlinien um die rechte Seite der französischen Stellung, das elfte zunächst am Feinde, das fünfte in weiterem Bogen, um von hinten zu umfassen. Der Nebel deckte günstig ihren Zug. Die Absicht dieser Bewegungen war, die rechte wie die linke Flanke der feindlichen Stellung einzudrücken, und die Franzosen entweder nordwärts über die belgische Grenze zu drängen, oder nach Sedan zu treiben, dort einzuhegen, und in dem unhaltbaren Platz zur Uebergabe zu zwingen.

Die Sonne hatte den Nebelschleier verdünnt, aber er lag bis gegen Mittag wie ein leichter Dunst über dem Schlachtfeld. Von der Höhe von Donchery folgte man mit einer Spannung, welche fast den

Athem benahm, den Bewegungen der preußischen Colonnen in der Tiefe, welche hinter Hügeln und Häusergruppen dahinzogen. Unterdeß paukte und dröhnte ostwärts der Kanonendonner unaufhörlich, weiße Dampfballen zeigten den Standort der Batterien, Gewehrsalven bald näher, bald ferner den Angriff der Bataillone, aus den Thälern stieg der Rauch, und sein langsamer Fortschritt nach Norden oder sein Beharren auf denselben Stellen der Höhe ließen erkennen, ob der Feind wich oder Stand hielt. Von Zeit zu Zeit eilte ein Offizier mit Meldungen heran über Ereignisse und über Fortschritte der einzelnen Truppen, dann lauschte, wer in Hörnähe stand, angestrengt nach dem Inhalt seines athemlosen Berichtes, um gleich darauf wieder das Fernglas am Auge nach den entfernten Höhen zu spähen. Es war gegen 9 Uhr, als das elfte Corps bei St. Menges an dem nördlichsten Punkt jener Flußkrümmung mit dem Feinde zusammenstieß. Von da begann auf unserer Seite der Kampf. Auch den Kronprinzen ergriff jetzt die Unruhe; er erhob sich und forderte, daß man näher heran reite, und Blumenthal mußte mit Bestimmtheit erklären, daß gerade dieser Standort der günstigste sei. Der General selbst, der gemächlich mit beneidenswerther Ruhe die wechselnden Bilder des Kampfes und die Meldungen aufnahm, trat nur einmal aus der vorsichtigen Haltung, als ein Adjutant v. d. Tann's nach 10 Uhr meldete, daß Bazeilles zwar im Besitz der Baiern, daß aber das erste baierische Corps für diesen Tag verbraucht sei. Da stand General v. Blumenthal schnell auf und rief: »Das habe ich so nicht befohlen!« Die Baiern hatten in dem furchtbaren Dorfgefecht, das sie mit großer Tapferkeit und unter starken Verlusten durchführten, sich wohl zu heftig eingesetzt und waren nicht im Stande gewesen, das Gefecht abzubrechen oder hinzuhalten.

Mächtiger dröhnte der Geschützkampf, lange Reihen von Batterien krachten, der eigenthümlich schwirrende Ton der Granaten, die weißen Rauchwölkchen der platzenden französischen, die Qualmwolke am Boden, wo eine eingeschlagen, das fünfundzwanzigmalige Knattern des Mitrailleusenschusses, dazwischen ein dumpfes Dröhnen der Fahrzeuge, wildes Rufen, aufsteigende Rauchwolken brennender Gebäude, und der lodernde Feuerschein, der sich zwischen den Häusern und über die Bäume erhob, dies schreckvolle Beiwerk des Kampfes, beschäftigte Auge und Ohr, doch nicht die ganze Seele, denn über Allem flog stolz und befreiend die stille Hoffnung auf guten Erfolg, Freude und Begeisterung über die Menschenkraft, welche durch solchen wilden Qualm zum Siege durchrang. Wo der Deutsche hintrat, durfte der Franzose nicht stehen.

Bis über Mittag tobte die Schlacht vor unseren Augen mit unverminderter Gewalt. Der Nebel war gefallen, die Landschaft lag hell im heißen Licht der Sonne. Hinter dem elften Corps hatte sich das fünfte herangeschoben, schon gegen 11 Uhr krachten seine Geschütze fast in den Rücken des Feindes, von der anderen Seite drang das Gardecorps zur Vereinigung. Bald nach Mittag schlössen sich hinter den Franzosen die beiden deutschen Flügel zusammen. Das Wild war umstellt, der Ausweg nach Norden abgeschnitten. In dem dunkeln Bergwald drängte sich die französische Infanterie zusammen und versuchte in verzweifelten Vorstößen den stählernen Reif zu durchbrechen, Schnellfeuer begegnete dem Vorsturm, auch rechts im Vordergrund fuhren preußische und baierische Batterien auf und feuerten in die engen Aufstellungen der Franzosen. Da that die französische Kavallerie ruhmvoll ihre letzte Heldenarbeit; als die Infanterie versagte, stürmten ihre Regimenter gegen preußische Infanterie und Geschütze, um nach Westen einen Ausweg zu bahnen. Vergebens. Reihenweise sanken die Braven, wieder und wieder ritten sie an, den lichten Fleck vor dem Walde sah man durch das Fernrohr bedeckt mit den Leibern der Männer und Pferde. – Aus den Waldhügeln hinter Sedan begann der Rückzug des Feindes auf die Stadt. In hellen Haufen kam das Fußvolk heraus, viele ohne Waffen.

Und jetzt schwieg der Geschützdonner fast plötzlich. Es war als ob die heiße Sonnenglut auch den Kämpfenden die Kraft nehme. Aber es war nur die Vorbereitung zu neuen Gefechtstellungen der Truppen und Geschütze. Noch enger wurde jener waldige Hügelrücken, um welchen die Feinde gedrängt waren, von drei Seiten umstellt. Dann begann wieder die Todesarbeit: Donner der Geschütze, Geknatter der Ausschwärmenden, dann Massenfeuer und auffliegende Munitionswagen; die deutschen Compagnien drangen in den Wald und auf die Hochebene der französischen Stellung und trieben die Franzosen der Stadt zu. In Massen, in flüchtigem Roßlauf kamen diese herab: Fußvolk, Reiter, Wagenzüge, dahinter lange Haufen von Gefangenen.

Nach etwa einer Stunde, gegen 4 Uhr, war die Schlacht beendet, das Feld außerhalb Sedan in unseren Händen, das Heer der Franzosen, soweit es nicht auf dem Boden lag oder gefangen fortgetrieben wurde, innerhalb des Geschützbereichs von Sedan zusammengedrückt. Etwa 90,000 drängten sich um die Festung, ein kleiner Theil floh zersprengt in die Wälder und zog der belgischen Grenze zu. Um 5 Uhr kam den Baiern und den Würtembergern der Befehl, mit ihrer Artillerie die Stadt zu beschießen. Nach den ersten Schüssen stieg eine ungeheuere Rauchwolke zur Höhe, dicht geballt stand sie wie unbeweglich über den Häusern und warf ihren dunklen Schatten weit hin auf das Leichenfeld. Eine halbe Stunde darauf wurde eine weiße Fahne aufgesteckt. Die Baiern waren der Festung so nahe gekommen, daß ihre Infanterie bereits in den Palisaden riß.

Es war gegen 7 Uhr, als General Reille – er war im Jahre 1867 dem Kronprinzen in Paris zugeordnet gewesen – vor dem König von Preußen erschien. Auf der Säbeltasche eines Husarenlieutenants wurde der eigenhändige Brief geschrieben, welchen der Herzog von Gramont vor acht Wochen gefordert hatte, damit Frankreich sich den Frieden gefallen lasse.

Wer das Walten der ewigen Vernunft auf einem Schlachtfelde geschaut hat, wie das von Sedan ist, der wird ein frommer Mann, und ich hoffe, ein fester Mann. Die furchtbarste und gewaltigste Kraftentfaltung zweier Nationen, die blutige Arbeit der kämpfenden Massen, ein Chaos von Ereignissen, die sich in den Raum weniger Stunden zusammendrängen, und doch der Sieg zuletzt die Folge eines einfachen Gedankens unserer Feldherren! Ihre planvolle Thätigkeit, welche Hunderttausende durch gehäuften Tod zum wohlbedachten Ziele führte, ist ein Triumph deutscher Kraft geworden und ein Fortschritt unseres Volkes, größer und folgenschwerer, als ihn die kühnste Phantasie ahnte. Das sind die erhebenden Betrachtungen, welche über dem Pulverdampf und den Leichenhügeln dieser Schlacht aufsteigen. So arbeitet unser Gott durch die Kriegsheere, den Siegern im Kampfe Preise austheilend: ein großes Erdendasein und neue Aufgaben; auch die Besiegten durch die Niederlage selbst aus ihrem inneren Verderben erhebend.

Am Abend ging ich allein mit meinen Gedanken nach Chemery zurück, dort den Kronprinzen zu erwarten. Als er um 9 Uhr eintraf,

von hellem Jubelrufe empfangen, und als er bei der Tafel in geho-
bener Stimmung dem tapferen Heere Heil trank, kam ich mir vor
wie Till Eulenspiegel, der während der fröhlichen Thalfahrt durch
die Sorge um den nächsten Berg beschwert wird. Unser Sieg war so
groß, daß Niemand in Frankreich übrig blieb, der Frieden mit uns
schließen konnte.

Den 4. September. Die Herren vom Generalstab sind über die
Armeeführung des Kronprinzen von Sachsen des Lobes voll. So
widerlegt das Schicksal den Parteieifer der Menschen. Vier Jahre
sind es her, da erwarteten wir eifrigen Preußen von der Ordnung
der sächsischen Verhältnisse nach dem Kriege von 1866 und von
einer Rückkehr der königlichen Familie nach Dresden wenig Heil-
sames. Ich hatte in jener Zeit, wo meine Landsleute und Anver-
wandten Kugel um Kugel den Sachsen gegenüber standen, eine
Flugschrift geschrieben: »Was wird aus Sachsen«, in welcher ich
sehr scharfsinnig alle Bedenken auseinandersetzte, welche dem
Haus der Albertiner und den Deutschen aus der Erhaltung des
Königreichs Sachsen erwachsen müßten. Wie war jetzt Alles so ganz
anders gekommen, und wie gründlich war, was vor wenigen Jahren
für wahrscheinlich gelten konnte, durch die Ereignisse widerlegt!
Dergleichen Erfahrungen machen bescheiden. Wer weiter zurück-
denkt, findet überall ähnlichen Grund, sich über die Kurzsichtigkeit
menschlicher Annahmen zu verwundern. Jene Verdoppelung des
Heeres, welche die ersten Regierungsjahre König Wilhelm's so
schwierig machte, und der großen Mehrzahl der Preußen, wenigstens in der Art und Weise, wie sie ins Leben trat, so leidig war, ist
die Grundlage für alle Erfolge dieses Krieges gewesen, nur durch
sie wurde der Tag von Wörth, die Schlachten vor Metz, der Sieg,
von Sedan möglich, und Alles, woran jetzt die wärmsten Hoffnungen der Deutschen hängen. Solche Erfahrungen sollen nicht die
Wucht des Handelns und der politischen Forderungen vermindern,
aber sie mahnen zu sorgfältiger Würdigung entgegenstehender
Ansichten, und daß man den Streit für die Sache, welche dem
Kämpfenden für die gute gilt, mit Bescheidenheit und Schonung
der Gegner führe, damit man in dem Fall, wo höhere Gewalten die
Beschränktheit der Parteinahme erweisen, das eigene Selbstgefühl
nicht allzusehr gemindert finde. Daß Nützliches schnell schädlich
werden kann, und daß Anderes, was mit Grund für gemeinschäd-

lich gilt, sich vielleicht noch in demselben Menschenalter als größter Fortschritt erweist, ist eine Lehre, die zwar durch die Geschichte jeder Zeit verkündet wird, deren Bedeutung man aber nur in den Kämpfen, welche man selbst mit leidenschaftlicher Theilnahme ausficht, völlig würdigen lernt.

Als ich am 8. September mich zu Reims vom Kronprinzen verabschiedete, um nach Deutschland zurückzukehren, war die letzte Aeußerung desselben noch Sorge seines freundlichen Herzens für einen deutschen Gelehrten. Theodor Mommsen hatte bekümmert nach dem Schicksal seines jungen Freundes Bormann gefragt, eines Mitarbeiters an dem großen Inschriftenwerke, der in den Schlachten vor Metz durch den Mund geschossen war. Als der Kronprinz in warmem Mitgefühl das Schicksal des hoffnungsvollen Gelehrten bedauerte, dessen Tod ein Verlust für die Alterthumswissenschaft werden mußte, gab General v. Blumenthal guten Trost, weil Schüsse durch den Mund durchaus nicht immer tödtliche Wunden verursachten. Da trug der Kronprinz mir auf, in Pont-à-Mousson vor den Lazarethen anzuhalten, Erkundigungen nach Bormann einzuziehen, und wenn es gelänge ihn zu finden, demselben seine Theilnahme auszusprechen und zu erkunden, ob der Kronprinz irgend etwas für ihn thun könne. Am späten Abend fuhr ich mit dem Feldjäger des großen Hauptquartiers auf der leeren Landstraße heimwärts. Es war eine seltsame Fahrt, wie durch ein ausgestorbenes Land, kein Arbeiter, kein Stück Vieh auf den Feldern, kein Wagen, kein Fußgänger meilenweit auf den Straßen. Nur ein oder zwei Mal jagten wir ausweichend an langen Colonnenzügen vorüber. In den Dörfern zuweilen Anruf der Posten, auf den Wechselstellen Anhalt vor dem Hause des Kommandanten, bei dem durch vorausgesandte Drahtmeldung ein neues Fuhrwerk bestellt war. Der befehlende Landwehroffizier empfing zuvorkommend und bot Rothwein, aber ein Wagen war nie zu beschaffen gewesen. Dann ging der Feldjäger allein in die Höfe, darnach zu suchen, und brachte immer nach kurzer Frist den Wagen. Nur einmal stand das Gefährt bereit, an dem Orte hatte ein Unteroffizier den Befehl. Auf dem geholten Wagen ging es wieder hinaus in die einsame Landschaft, zuweilen wurde der Kutscher vom Bock auf ein Hinterbrett gewiesen und der Feldjäger führte selbst die Zügel. Wenn er über die Richtung des Weges in der Finsterniß unsicher wurde, stieg er am Kreuzwege ab und suchte nach den Zeichen. So ging es bis in die zweite Nacht in schnellem Laufe vorwärts. In Pont-à-Mousson schied ich vor dem Stadthause von meinem Begleiter, der seine schnelle Fahrt über Remilly fortsetzte. Im Frühlicht des Morgens begann ich die überfüllten Lazarethe zu durchsuchen, trübselige Besuche, die lange vergeblich waren, endlich hatte ich die Freude aus den geführten Listen zu ersehen, daß Dr. Bormann am Leben und mit einem Krankenzuge kurz zuvor auf deutschen Boden geschafft war. Da ich Briefe nach Homburg zu besorgen hatte, mußte ich auf der Verbindungslinie der dritten Armee die elsässische Eisenbahn benutzen. Bei Nancy begrüßten große Haufen von Gesindel, die sich längs der Bahn aufgepflanzt hatten, unseren Zug mit dem unablässigen Geschrei: à bas les Prussiens. Mitten unter den Schreiern stand ein preußischer Landwehrmann, rauchte aus seiner kurzen Pfeife und hörte in stillem Behagen dem aufgeregten Völklein zu, dessen Toben ihm wie das Schreien der Frösche im Weiher klang. Endlich im Elsaß warteten auf den Bahnhöfen zuweilen auch deutsche Frauen in wohlthätiger Absicht, um den Verwundeten Lebensmittel zu spenden. Die Bahnfahrt bis Homburg dauerte wieder zwei Tage und eine Nacht, für die Verwundeten unseres Zuges eine schmerzvolle Zeit. Das Glück, in der Heimat zu sein, fühlten Kranke und Gesunde. Dem Kronprinzen aber konnte bald die Nachricht zugehen, daß der deutsche Gelehrte außer Gefahr und in der Genesung sei.

Nach dem Kriege.

Der Kronprinz war vierzig Jahre alt, da er als siegreicher Feldherr aus dem Kriege heimkehrte. Nach seiner Erscheinung die glänzendste Heldengestalt, welche je unter einem deutschen Helme geschritten ist, dem Heere als einer seiner großen Kriegsfürsten theuer, in der Auffassung des Volkes ein erprobter, fester Mann, nach jeder Richtung berufen, Nachfolger seines bejahrten Vaters zu werden, ein aufsteigender Stern für viele patriotische Wünsche und Hoffnungen, denen die Gegenwart völlige Erfüllung nicht bieten wollte. Kaum war ein schöneres und mehr Glück verheißendes Dasein zu denken, als das seine nach allgemeiner Meinung war. Aber nie sind durch das Geschick irdische Hoffnungen in gleich schmerzvoller Weise als eitel erwiesen worden. Für die Nation waren die siebzehn Friedensjahre, in welchen Kaiser Wilhelm uns noch erhalten blieb, eine Zeit des friedlichen Gedeihens, für den neuen Staat, im Ganzen betrachtet, eine glückliche Periode des allmählichen Einlebens in die Seelen und Gewohnheiten der Deutschen. Der Sohn und Thronerbe wurde das Opfer. Er allein hatte dafür den höchsten Preis zu zahlen, sein Glück, vielleicht sein Leben. Das ist ein Geschick, tragischer und furchtbarer, als die kühnste Erfindung sich einzubilden und zu schildern vermag. Das Wesen des alten Kaisers, welcher die Macht liebte, aber, wo es sich um Ernstes handelte, den Schein gering achtete, der durchaus nicht bereitwillig die Kaiserkrone auf sein Haupt genommen hatte, der von den angeborenen Rechten der deutschen Fürsten hoch dachte, und dieselben, wo er irgend konnte, sorgfältig zu berücksichtigen bestrebt war, dies ruhige, maßvolle Wesen eines bejahrten Herrn, der schon durch sein Alter vielen der Anspruchsvollen Ehrfurcht einflößte, war wie von der Vorsehung zuertheilt, um den deutschen Landesherren den Uebergang in das neue Wesen möglichst schmerzlos zu machen. Auch im Volke standen die Parteien unter dem Zauber dieser greisen Gestalt, die immer ehrwürdiger wurde, zuletzt wie ein Wunder erschien, und berechtigte wie unberechtigte Ansprüche allein durch ihre Dauer auf die Zukunft verwies. Aber der ihm am nächsten stand in Ehren und in der Zuneigung des Volkes, verlebte diese Zeit der Einrichtung eines neuen Lebens, die Feststellung des Kaiserreichs, das gerade er so heiß ersehnt hatte, zur Seite stehend, in thatlosem Harren. Er fühlte die Leere, eine gewisse Ermüdung trat ein, Verstimmung überkam ihn, welche immer größer wurde.

Daß die Einwirkung dieser Zeit den Kronprinzen so sehr niederdrückte, lag zum großen Theil in seiner Natur, deren Liebenswürdigkeit und Adel sich bei dem Verarbeiten starker Eindrücke kund gab, welche ihm das Leben entgegenbrachte, die aber durchaus nicht aktiv war. Wäre er mit rüstiger Thatkraft ausgestattet gewesen, so würde er trotz mancher Hindernisse eine Beteiligung an der Staatsregierung auf allen Gebieten durchgesetzt haben, welche dem Vater nicht vorzugsweise am Herzen lagen. Doch er besaß zwar den Fleiß und die Pflichttreue der Hohenzollern in Erfüllung einer gestellten Aufgabe, aber nicht die Unternehmungslust und Schaffensfreude, und auf den wichtigsten Gebieten der Verwaltung wohl auch nicht das Geschick zu befehlen, wie etwas werden sollte. Es wäre für ihn heilsam gewesen, in den ersten Jahren nach seiner Vermählung, wo Berlin ihm zuweilen ein unbehaglicher Aufenthalt wurde, als Gutsherr auf dem Lande niederzusitzen, dort mit einem tüchtigen Inspektor selbst Landbau zu treiben und dabei die Verwaltung in den Kreisen, die Bedürfnisse und Ansprüche des kleinen Mannes, die Interessen der Landwirtschaft aus eigener Erfahrung kennen zu lernen. Aber dieser Gedanke, der ihm wohl einmal nahe trat, erschien damals wegen des Mangels an eigenem Vermögen nicht durchführbar. Was der Kaiser nach dem Jahre 1870 that, um ihm eine bestimmte Thätigkeit zuzutheilen, das reichte nicht aus. Der Kronprinz erhielt die Inspektion über die süddeutschen Armeecorps, er reiste mit Blumenthal alljährlich einmal dorthin und übte durch sein Erscheinen und sein vertrautes Feldherrnbild, das den Offizieren und der Mannschaft das Herz warm machte, in der That eine sehr wohlthätige Einwirkung aus, aber diese Thätigkeit war doch nicht viel Anderes als fürstliche Repräsentation. Er wurde zum Protektor der Museen, der Kunstangelegenheiten ernannt, was ihm wohl mehr nach dem Herzen war. Er wurde nach dem Beispiel seiner Gemahlin auch ein warmer Beförderer des Kunsthandwerks, er hat in diesen Richtungen und bei zahlreichen, gelegentlichen Ehrenvorsitzen durch seine warme Beistimmung und zuweilen durch seine Einwirkung auf die Regierung allerlei Förderliches gethan, und wer genau zusieht, vermöchte darüber vieles Rühmliche zu berichten, aber solche Thätigkeit auf Seitenpfaden war zuletzt doch für einen großen Fürsten nur Zeitvertreib und Spiel. Der Sohn eines Gutsherrn, welcher mit seinem Hausstand in einem Nebengebäude der väterlichen Besitzung wohnt, mit jedem Thaler seiner Ausgaben auf die Einnahmen angewiesen ist, die ihm der Vater für das Jahr ausgesetzt hat, dessen Kinder sogar von dem Großvater das erhalten, was sie brauchen, und dem als Beschäftigung vielleicht die Aufsicht über die Parkanlagen des Gutes zugewiesen wird, der würde, wenn er als Mann von fünfzig Jahren noch ein solches Abhängigkeitsverhältniß zu ertragen hätte, für ganz besonders unselbstständig und unglücklich gehalten werden. Und doch ist die Lage des deutschen Kronprinzen eine ähnliche nach Hausgesetz und alter Ordnung, und die Persönlichkeit der Fürsten vermag darin nichts zu ändern. Eine solche eiserne Abhängigkeit von dem regierenden Herrn, in Preußen altherkömmlich, übt im Großen und Kleinen Einfluß auf das Verhältniß der Söhne zum Vater, auf die gesammte Auffassung der Familienrechte und Pflichten. Wie gut die Menschen sein mögen, wie schön das Familienverhältniß sich darstelle, der Druck solcher Unfreiheit lastet auf den Seelen der Abhängigen und dieser Druck wird in höheren Mannesjahren stets schmerzlicher gefühlt. Es fehlte auch in der Zeit des Harrens nicht an Erhebungen. Er selbst rühmte als einen Gewinn das herzliche Verhältniß, in welches er zum Könige von Sachsen gekommen war. Er empfand mit Selbstgefühl die Anerkennung, welche sein Wesen bei wiederholtem Aufenthalt in Italien erworben hatte und die freundschaftliche Verbindung zu dem italienischen Königshaus. Er beschäftigte sich fortdauernd mit den Denkwürdigkeiten seiner Zeit und seines eigenes Lebens, und legte sich Sammlungen an, auch von den Urtheilen der Presse über ihn selbst. Längere Zeit beschäftigte ihn der Nachlaß der Königin Elisabeth, den er zu ordnen hatte. Er fand darin merkwürdige Schriftstücke und Briefe, welche ihm unzweifelhaft machten, daß man in Preußen sowohl die politische Haltung, als auch die kirchliche Gesinnung dieser hohen Frau unrichtig beurtheilt hatte, und er trug sich mit dem Gedanken, diese Papiere später der Öffentlichkeit zu übergeben, damit dem Andenken der Königin die gerechte Würdigung zu Theil werde, welche sie während ihres Lebens entbehrt hatte. Er freute sich innig der reichen Erwerbungen für die Museen, die unter seiner Leitung geglückt waren, er beschäftigte sich gern mit Bauplänen für die Zeit seiner Regierung, zumal mit großen Bauten auf der Museumsinsel. Noch einmal hob sich seine Kraft, als er im Jahre 1878 nach der Verwundung des Kaisers zur Stellvertretung berufen wurde. Die gehäufte Arbeit, die Verantwortung, das hohe Amt gaben ihm eine Zeit lang Spannung und seinem Geist neue Schwingen, zur Freude und Ueberraschung seiner Umgebung. Aber mit dieser verantwortlichen Thätigkeit entwich wieder der Lebensmuth. – Lange hatte der Kronprinz das Glück gehabt in seiner nächsten Umgebung zwei Männer nacheinander zu besitzen, die beide ungewöhnlich begabt, nach Bildung und Charakter des höchsten Vertrauens werth waren. Ernst von Stockmar erkrankte bald und blieb von 1864 bis zu seinem Tode der bescheidene Vertraute des kronprinzlichen Paares. Durch ihn empfohlen, übernahm Karl von Normann das Kabinet, und dieser blieb durch zwanzig Jahre, in der Zeit, wo der Kronprinz die großen Erfolge seiner Mannesjahre zu verzeichnen hatte, in seiner Nähe. Seit Normann im Jahre 1884 in den auswärtigen Dienst zu treten veranlaßt wurde, war der Kronprinz da vereinsamt, wo ihm ein treuer Beirath am nothwendigsten war. Seine nächste männliche Umgebung war eine militärische, welche wechselte. Er gab sich mit Vorliebe trüben Gedanken und pessimistischen Stimmungen hin, er trug sich zuweilen mit der Idee, im Falle eines Thronwechsels dem Thron zu entsagen und dem Sohne die Regierung zu überlassen. Sogar die Zureden der Kronprinzeß vermochten diesen Trübsinn nicht auf die Dauer zu bannen. Er kümmerte sich noch in seiner Weise um Staatsangelegenheiten, forderte Vorträge und Denkschriften und erhielt reichlicher solche, die er nicht gefordert hatte. Er sah zuweilen zu vertraulichem Gespräch Mitglieder der freisinnigen Partei und sprach dann wohl seine Unzufriedenheit mit Maßnahmen der Regierung aus, aber die Zunahme der Ermattung in seinem Wesen wurde Solchen, die ihn in seiner Jugend gekannt hatten, zu bitterem Leid bemerkbar. Er begann an Geist und Leib zu altern, und schon lange bevor die furchtbare Krankheit an ihm zu Tage kam, durfte man trauernd sagen, daß sein Lebensmuth nicht mehr der eines Mannes war, welcher demnächst für seine Nation die Kaiserkrone tragen sollte.

Als die Krankheit zerstörend an sein Leben trat, verklärte sich nach dem langen Schwanken zwischen Furcht und Hoffnung die Eigenart seiner Natur, die Lauterkeit seiner Seele und die Herzensfreundlichkeit und Milde. Er, der im Kriegsgetümmel seinem Heere als ein furchtloser Eroberer erschienen war, sollte als stiller Dulder in dem Gemüth der Zeitgenossen fortleben. Ein banges, langes Dahinsterben war sein Kaiserschicksal; die Krone, welche er einst so heiß für sein Geschlecht und sich ersehnt, sank nur wie der Lichtschein im Bilde den Märtyrer krönt, auf sein Haupt. Es blieb ihm erspart Antwort auf die dringenden Fragen zu geben, welche die Nation an die Person seines Herrschers richtet, und die höchste Ehrenwürde, die Machtfülle des Gebietenden, wurde ihm nur als ein Traumbild zu Theil, während der Leib an das Lager gebannt kraftlos lag.

Solchem Schicksal gegenüber ist es vermessen zu streiten, wie er als Herrscher geworden wäre. Die auf ihn hofften, wollten an ihm sehen, was sie am meisten begehrten, und die besorgt sein Wesen abschätzten, vermochten nicht zu beurtheilen, was das Amt und die Herrschaft in einem gesunden Herrn an Kräften und Neigungen entwickelt hätten. Er war ein offener, redlicher Mann von lauterem Sinn und warmem Gemüth, mit einem Herzen voll Menschenliebe, mit der Fähigkeit, sich über alles Gute und Große innig zu freuen. Er war so menschenfreundlich und gegenüber einem Leidenden so voll von Empfindung, daß auch die zahllosen bitteren Erfahrungen, welche die Großen der Erde über Unwerth der Hilfesuchenden machen, ihm nicht den Antheil an dem einzelnen Fall beeinträchtigten. Gegen Solche, welche er persönlich näher kannte, war er von der zartesten Aufmerksamkeit, er fühlte alles Widerwärtige, das sie traf, als treuer Freund in inniger Theilnahme mit. Er war im Grund seiner Seele weich und leicht erregt, ein Mensch von seltener Reinheit und Innigkeit.

Er war ein warmer Protestant, in allen religiösen Fragen von einziger Duldsamkeit und zu seinen stärksten Abneigungen gehörte die gegen engherzige Pfaffen. In der Staatsverwaltung widerstrebte ihm Polizeiherrschaft und Bevormundung, den Gemeinden wünschte er ausgedehntes Selbstregiment, jeder ehrlichen Thätigkeit die freieste Bewegung. Das aber waren bei ihm Stimmungen, denen die Kenntniß der Zustände im Volke nicht ganz entsprach, und es wäre ihm schwer geworden seinen Willen gegenüber gewandten Einwürfen aufrecht zu erhalten. Denn er war kein Geschäftsmann, sein Urtheil war in großen Angelegenheiten nicht geprüft und auch wo er einmal lebhaft wollte, war er in der Ausführung abhängig und unsicher, zuweilen wehrlos gegenüber den Hindernissen, nach dieser Richtung war er mehr gemacht geleitet zu werden, als Andere zu führen. Er war sehr geneigt, die Selbständigkeit eines Anderen anzuerkennen und man durfte ihm gegenüber eine Ueberzeugung mit dem größten Freimuth aussprechen, auch wenn sie seine eigenen Gedanken angriff. Er war aber auch geneigt da, wo er behaglich erscheinen wollte, in Scherz und Ausdruck sich gehen zu lassen und es begegnete ihm, daß sein scherzhaftes Wesen auf Andere nicht wohlthuend wirkte, vielleicht deshalb, weil der Grundzug seines Wesens ernst war und er sich zu der guten Laune zuweilen nöthigen mußte. Und er selbst war sehr empfindlich gegen jeden Verstoß Anderer in der Form und verlangte auch in Kleinigkeiten Beachtung seiner Würde. Wenn er aber in sich selbst nicht fand, was ihn aus der Verstimmung oder aus kleinlichen Anschauungen heraushob, so war seine Seele um so empfänglicher für jeden Eindruck von Außen, der schön und groß war, und für alle Anregung des Lebens, die in ihm selbst ernste Gedanken weckte. Er wurde unablässig als schöne Heldengestalt gefeiert und er selbst war wohl deshalb geneigt, seiner Erscheinung große Bedeutung zuzuschreiben und sich dieselbe je nach der Situation und der Aufgabe, die er zu lösen hatte, zurecht zu legen. Aber das Gemachte in Antlitz, Blick und Geberde schwand dahin, sobald eine hohe Empfindung ihm in die Seele trat, dann strahlte sein Auge, eine bezaubernde Heiterkeit flog über die zurechtgelegte Miene und in solchen Augenblicken war er in der That von hinreißender Schönheit.

Längere Zeit war sein Begehren, eine beherrschende Stellung über den Standesgenossen zu erhalten, und in dieser Grundstimmung war er zuweilen wenig geneigt, die historischen Rechte der deutschen Fürsten und ihre Ansprüche auf Gleichheit des Ranges zu beachten. Aber gerade was er so eifrig wollte, die Erhöhung seines Hauses durch die Kaiserkrone, das wurde vor Allem eine Sicherung der erhabenen Stellungen deutscher Landesherren, ja in Vielem auch eine Vergrößerung ihres Einflusses. Jetzt erst wurde ihre Landeshoheit im Reiche durch eine gesetzliche Uebereinkunft zwischen den Fürsten und der gesammten Nation befestigt. Und ihnen vor Anderen kam die neue Richtung des kaiserlichen Staatswesens auf vornehme Darstellung zu Gute. Bei der Uebernahme der

Kaiserwürde durch Wilhelm II. erhielten unsere Landesgebieter völlig und reichlich Gelegenheit, ihre Bedeutung vor der Welt zu erweisen, und sie haben dies mit Vaterlandsliebe und mit richtigem Verständniß ihres eigenen Vortheils in ausgezeichneter Weise gethan. Ihnen blieb erspart die Erhebung eines ihrer Standesgenossen an heiliger Stelle unter ihrer demüthigenden, passiven Mitwirkung, und uns das Gepränge einer Kaiserkrönung mit deren leerem Ceremoniell.

Aber der Tod des Sohnes, der so schnell auf den des Vaters folgte, hat nach anderer Richtung unserer höchsten Staatsleitung eine Besonderheit zugetheilt. Daß an den Großvater sich fast unmittelbar der Enkel reihte, hat Etwas von der geistigen und gemüthlichen Eigenart des älteren lebenden Geschlechts dem Throne ferngehalten. Denn wie verschieden die Natur, Anlage und Charakter der einzelnen Herrscher sei, jeder stellt in seinem Wesen Vieles von dem eigenthümlichen Inhalt der Jahre dar, aus welchen er in frischer Jugend Eindrücke, Ansichten, Bildung am reichlichsten erhielt. Und jeder Herrscher, auch der größte und trefflichste, ist als Kind seiner Zeit mit einer Einseitigkeit behaftet, gegen welche ein jüngeres Geschlecht und im Bunde mit diesem die Persönlichkeit des nachfolgenden Sohnes bewußt oder unbewußt protestirt. So war das Verhältniß aller Könige von Preußen zu ihren Vorgängern: Friedrich Wilhelms I. zu seinem Vater Friedrich I., Friedrichs des Großen zu seinem Vater und so fort bis in unsere Zeit. Mit jedem Nachfolger trat eine Ergänzungsfarbe zu dem Wesen des Vorgängers hervor, wohl oder übel, zum Heil oder Unheil, aber nicht zufällig, sondern nach einem hohen Lebensgesetz. Auch in den Brüdern Friedrich Wilhelm IV. und Wilhelm I. gelangten entgegengesetzte Ausstrahlungen ihrer Zeitbildung zur Herrschaft: Schelling und Herbart, Tieck und E. M. Arndt, Radowitz und Moltke, Manteuffel und Bismarck. Diesmal aber ist den Deutschen die Ergänzungsfarbe ausgefallen. Eine Fürstenseele ist geschwunden, welche nach Aufhebung der Censur, nach 1848 herauswuchs, in einer Zeit des Widerspruchs gegen engherzige Beamtenherrschaft, in Jahrzehnten, wo nicht die Kraft des Heeres, sondern die leidenschaftliche Bewegung des Volkes die Fortschritte des Staates bewirkte; geschwunden der Sproß einer langen Friedenszeit, in welcher die Arbeit der Wissenschaft und schönen Kunst dem deutschen Gemüth oft das beste

Selbstgefühl, den reichsten Inhalt gegeben hatte, ein Gemüth, in dem der Drang nach Freiheit und schöner Entfaltung der Volkskraft lebendiger war als der nach Zucht durch das Heer und den Staat. – Denn von diesen Einwirkungen und von Anderem, was von 1848 bis 1864 auf dem deutschen Grunde erblüht war, bewahrte die Seele des Kronprinzen, wie die seiner meisten Altersgenossen, Inhalt und Farbe, die ihm eigenartig waren, ungleich dem Wesen seines Vaters, und ungleich den maßgebenden Neigungen im Gemüth seines Sohnes, der seit der Kaiserzeit unter dem Helm erwachsen war.

Wer vermöchte zu sagen, ob das Ausfallen dieser eigenthümlichen Mischung von Bildungselementen einen Einfluß auf die nationale Entwickelung haben wird? Denn solche Zeitfärbung des Herrschers ist ja nur eine von den Eigenschaften, welche seinen Inhalt ausmachen, und es giebt viele andere, welche bedeutsamer sein mögen. Aber auf die Thatsache dürfen wir hinweisen, auch wenn wir den guten Geistern unseres Lebens fröhlich vertrauen.

Die Hohen der Erde, zu denen ein ganzes Volk aufschaut, sind noch heut in ähnlicher Lage wie in jenen alten Zeiten, in denen die Heldensage die volksthümliche Form geschichtlicher Überlieferung war. Nach ihrer Erscheinung und nach einzelnen Lebensäußerungen, welche in weiten Kreisen bekannt werden, formen die Mitlebenden sich das Bild derselben. Immer sind bei solcher Arbeit gemüthliche Stimmungen des Volkes thätig, Liebe oder Abneigung, dazu die geheime Sehnsucht, eine Gestalt zu besitzen, welche den Wünschen der Lebenden entspricht. Vor jedem Menschen, der uns nahe tritt, ist unsere Gestaltungskraft in ähnlicher Weise thätig und in diesem Sinne sind auch die Bilder vertrauter Angehöriger und Freunde stets Idealbilder, welche Vieles und Bedeutendes aus dem fremden Leben zusammenschließen, bei Jedem eigenthümlich und etwas anders geformt, je nach der Persönlichkeit des Auffassenden und nach seinem Verhältniß zu dem Andern. Aber die Gestalten der Höchsten auf Erden, wie sie von den Zeitgenossen aufgefaßt werden, unterscheiden sich von anderen vertrauten Menschenbildern schon dadurch, daß die Beobachtung ihres inneren Lebens, die doch nur Wenigen möglich ist, nicht reichlich das Urtheil der Millionen beeinflußt, dagegen wirkt unaufhörlich und in Fülle die Beobachtung ihrer Darstellungen nach außen. Ferner müssen die meisten Aeußerungen einer hohen Persönlichkeit, welche der Nation bekannt werden, wohl überlegte und für die Öffentlichkeit zugerichtete sein. Außerdem aber ist in vielen Fällen jene Sehnsucht des Herzens übermächtig, in der Gestalt wiederzufinden, was das Gemüth der Zeitgenossen ersehnt.

An den idealen Bildern der Fürsten arbeitet die öffentliche Meinung, die Presse und die Beobachtung Einzelner, oft wandeln sich die Bilder lange, je nach dem Maße der Bewunderung oder Abneigung. Allmählich gewinnen sie Festigkeit und Bedeutung, werden durch Lehre und Schrift Andern vermittelt und durch neue Anekdoten und Zusätze, welche zu den Grundlinien des Bildes sich fügen wollen, bereichert. Alle diese volksmäßigen Vorstellungen enthalten in unserer Zeit viel Wahres, zuweilen empfindet das Volk, mehr ahnend als verstehend, die Wesenheit besser als die zerlegende Kritik. In anderen Fällen ist das wirkliche Leben der Großen, ja auch das Tüchtige in ihrem Wirken, in Vielem anders beschaffen, als die Entferntstehenden sich einbilden. Man braucht nicht weit nach Beispielen zu suchen. Der alte Fritz, dem Gemüthe der Preußen eine so vertraute Gestalt, ist etwas Anderes als der alternde Friedrich II. in Wirklichkeit war; Friedrich Wilhelm III., wie er in den Herzen des älteren Geschlechts fortlebt, ist wesentlich verschieden von dem hohen Herrn, der im Jahre 1813 so mißtrauisch auf die kriegerische Erhebung seiner Preußen sah und im Jahre 1839 den wackeren Arndt noch als eine Art Hochverräther betrachtete. Auch das gegenwärtige Geschlecht hat bei dem Einbilden seiner Helden dieselbe Treuherzigkeit erwiesen. Prinz Friedrich Karl z. B. lebt in der Erinnerung des Heeres fort als ein stürmischer, jugendlicher Held, wie er sich darstellte, wenn er als rother Husar über das Manöverfeld jagte, und doch war derselbe im Kriege selbst, zuweilen wo Eile noth that, mit einer pedantischen Neigung zu langsamem Verfahren behaftet (Einmarsch in Böhmen, Vormarsch am 18. August, Zug gegen Orleans), ein anderesmal mit vorschneller Unruhe (St. Privat). Auch Kaiser Friedrich III. ist nach Auffassung des Volkes der starke Schlachtensieger und doch war ihm das militärische Wesen nicht recht nach dem Herzen, das Befehlen auf dem Uebungsfeld durchaus nicht geläufig, und im Kriege führte er die militärischen Aufgaben eines Feldherrn nur deshalb vortrefflich durch, weil er seinem Generalstabschef durchaus vertraute und die fürstliche Schaustellung, sowie die Verantwortung sehr bereitwillig auf sich nahm; und wer sagen wollte, er ist zum berühmten Feld-herrn geworden ohne daß er ein tüchtiger Soldat war, der würde dem geliebten Toten kein Unrecht thun.

Freilich fehlt auch mißgünstige Auffassung hoher Herren nicht. Abgeneigte Stellung derselben zu leidenschaftlichen Forderungen der Gegenwart macht ebenso leicht ungerecht gegen sie; dann wird behend das Gesammtbild ihres Wesens verzogen, Nachtheiliges ohne Prüfung geglaubt und gern verbreitet. Der Prinz von Preußen im Jahre 1848 und Kaiser Wilhelm im Jahre 1888, der Gehaßte und der Vergötterte waren derselbe Mann, und es bedurfte ein halbes Menschenalter, bevor die Nation ihre Auffassung dieses Fürsten so umwandelte, wie geschehen ist. Denn die Deutschen sind eifrig in Allem, was sie thun. Haben sie einmal begonnen, an ihren Helden abfällige Kritik zu üben, so werden sie leicht mürrisch, kratzbürstig und argwöhnisch im Uebermaß. Aber ihnen selbst ist währenddem gar nicht wohl zu Muthe, sie empfinden es als eine Erquickung, wenn ihnen Gelegenheit geboten wird, sich von diesen Gemüths-stimmungen zu befreien, und als ein hohes Glück, wenn sie thun können, was am meisten nach ihrer Natur ist: aus vollem Herzen zu lieben und zu verehren. Die deutsche Gefolgetreue ist noch vorhan-den, und noch eben so stark, wie sie in der Urzeit war.

Die Zeitungen geben täglich den Lesern reichliche Gelegenheit, sich mit der Person hoher Herrschaften zu beschäftigen. Es giebt auch im Tagesleben derselben kaum eine Kleinigkeit, die aus der Ferne beobachtet werden kann, welche nicht sofort Millionen be-richtet wird. Daß sie ausgefahren sind, daß sie in einem Laden Ein-käufe gemacht haben, wann sie eine Schaustellung besucht, wen sie zu Tische geladen, ja in welchem Rock sie erscheinen, wird Ge-meingut der Leser. Ob solch unablässiges Vorführen der Fürsten den Zeitungslesern vortheilhaft ist, soll hier nicht untersucht wer-den, für die Fürsten selbst wird diese Geschwätzigkeit zuweilen Belästigung, jedenfalls ein Zwang, der ihr ganzes Wesen beeinflußt. Wenn sie schon als Kinder merken, daß jedes Wort, alles Thun ein Gegenstand des Interesses für die versammelten Zuschauer ist, so wird solche Ueberzeugung sehr früh dazu beitragen, ihnen Hal-tung, Vorsicht und größere Aufmerksamkeit auf Rede und Thun zu geben, aber sie werden auch sehr früh veranlaßt sich wirksam dar-zustellen und ihre Rolle zu spielen. – Denn die äußere Erscheinung des Fürsten: Uniform, Miene, Geberde, das gesprochene Wort sollen wirken. Je umfangreicher die Repräsentation, um so größer wird der Zwang der Selbstbeobachtung. Da der Fürst weiß, daß jede Aeußerung, die er in der Unterhaltung fallen läßt, belauscht, erwogen, weiter erzählt wird, so muß er doch seine Rede darnach bemessen. Ist vollends ein Herr in der Lage, öffentlich zu sprechen, so wird jeder Satz seiner Rede nach dem unvermeidlichen Druck derselben von Millionen als bedeutungsvoll begutachtet. Es ist daher ganz in der Ordnung, wenn der vielbeschäftigte und zerstreute Herr sich die Rede von einem vertrauten Manne niederschreiben läßt und sich dieselbe einprägt. Sie wird dadurch, daß er sie spricht, die seine, denn er übernimmt die Verantwortung; aber er gewöhnt sich dabei auch fremden Geist als den seinen auszugeben und muß sich gefallen lassen, vielleicht mit Behagen, daß seine eigene Auffassung, seine Bildung und sein Verständniß nach den wohlerwogenen und gescheidten Worten des Andern geschätzt wird.

Das deutsche Treugefühl, die holde Tugend der Germanen, ist seit der Urzeit bis zur Gegenwart in unverminderter Stärke geschäftig, die Bilder der höchsten Herren unseres Volkes zu formen. Es gestaltet Millionen das Verhältniß zu ihren Fürsten herzlich und anmuthig. Sogar dem gelehrten Geschichtsforscher schwebt es um den Arbeitstisch, mehrt die Freude an der Arbeit, hilft ihm Vergangenes deuten und die überlieferten Züge werther Fürsten zu verständlichen Charakteren bilden. Wie groß seine Gewissenhaftigkeit, wie sicher sein Urtheil sei, die Zuneigung hebt ihm die Vorzüge der Helden, die seine Arbeit zu schildern hat, und mildert die Schatten, welche er, um wahr zu sein, von seinen Gebilden nicht fern halten darf. Aber wie jede Art von Herzenswärme, birgt diese gemüthvolle Ergebenheit eine Gefahr, und es bedarf für den Deutschen der Wachsamkeit, damit er in der Hingabe nicht das ehrliche Urtheil verliere. Diese Gefahr bedroht den Fürsten wie das Volk, welches treu an ihm hängt. Wir sehen leicht, was wir finden wollen; jede Lebensäußerung des Herrn, der durch seine Stellung und Lebensaufgabe der Nation werth ist, erscheint bedeutsam und werthvoll, während sie an einem Andern unbeachtet bliebe; in gleichgültige Worte wird ein besonderer Sinn gelegt, der gewöhnliche Scherz wird als geistvoll gerühmt, auch ein mattes Interesse des Helden, das in anderen Menschen für selbstverständlich gelten würde, wird gefeiert. Und wenn das Volk jahrelang seine Fürsten an solche Bewunderung gewöhnt hat, wie darf es Wunder nehmen, daß diese selbst eine große Meinung von dem erhalten, was sie reden und thun, auch wenn es nicht ungewöhnlich ist? Wenn die kleinste Beachtung, welche der Fürst einem Menschen gönnt, diesen erhebt und glücklich macht, so gehört für den Fürsten eine außerordentliche Bescheidenheit dazu, damit er nicht eine hohe Meinung von seiner Erhabenheit über Andere erhalte, und in diesem Sinne darf man sagen, die Nation verzieht unablässig ihre Gebieter, am meisten die, welche sie am meisten liebt. Vielleicht ist die höchste der Tugenden, welche an einem vollendeten Fürstenleben zu rühmen sind, daß der Herr bis an das Ende seiner Tage sich richtige Selbsterkenntniß, den maßvollen Sinn und die bereitwillige Anerkennung fremdes Werthes bewahrt habe.

Die Reise des Kronprinzen nach dem Orient.

(Grenzboten 1870, Nr. 3)

Der Kronprinz von Preußen ist nach fast dreimonatlicher Abwesenheit aus den Küstenlandschaften des hintern Mittelmeers zur Heimat gekehrt. Ihm war nur verhältnißmäßig kurze Zeit und für Vieles nur ein flüchtiger Besuch vergönnt, aber freilich ist solchem Herrn auch möglich, die Zeit aufs beste auszunutzen; denn die schnellsten Transportmittel, die besten Führer standen ihm zu Diensten, selbst in unwirthlicher Landschaft durch die Gastlichkeit der Landesgebieter jede erreichbare Bequemlichkeit; sodaß die Fülle der Eindrücke, welche die Fremde bot, zuweilen fast überwältigend gewesen sein muß. Er begann die Reise mit kurzem Aufenthalte in Wien, durchzog Italien auf der Hin- und Rückreise, besuchte die griechische Königsfamilie, sah von der Türkei Constantinopel, Jerusalem und Damaskus, wohnte den Feierlichkeiten zur Eröffnung des Suezcanals bei, fuhr den Nil hinauf und nahm bei der Rückkehr noch kurzen Aufenthalt in Frankreich. Der Orient hat die meiste Zeit in Anspruch genommen und die Bedeutung der Reise sowie ihre Erfolge sind in dem Besuche der muhamedanischen Welt durch den künftigen Schirmherrn der protestantischen Kirche und des norddeutschen Bundes zu suchen.

Der Aufenthalt in Wien hat die Presse am meisten beschäftigt, weil man in ihm das erste sichtbare Zeichen einer Annäherung Preußens an Oestreich sah, und weil man neugierig war, wie die beiderseitige Begegnung der Fürsten sein würde, welche vor Kurzem im erbitterten Kampf um die Macht gegeneinander gekriegt hatten. Für die Entwickelung der deutschen Verhältnisse, ja selbst für die diplomatischen Beziehungen konnte der Besuch keine Bedeutung haben. Er war überhaupt nur möglich, weil man in Wien so gut als in Berlin erkannt hatte, daß die Folgen des Jahres 1866 sich nicht mehr rückgängig machen lassen und daß die Regierenden sich der Nachwirkung von Thatsachen nicht entziehen dürfen, welche bereits in dem Leben der Nationen tiefe Wurzel geschlagen haben. So ist denn auch, wie bei vornehmen Herren anzunehmen war, die Begegnung in Wien offenherzig und ohne Zwang gewesen. Nachdem beim ersten Zusammentreffen die vergangenen Ereignisse freimüthig berührt worden waren, haben die Herren sich gegenseitig wie alte Freunde gefühlt und ebenso verkehrt. Weder in den Zusammenkünften mit dem Kaiser und den Mitgliedern des Kaiserhauses, noch in der Unterhaltung mit einem Andern ist ein Mißton gehört worden, vielfach das gerade Gegentheil. Politische Aufgaben aber löst man in unserer Zeit sehr selten durch Fürstenbesuch und die Begleitung des Kronprinzen hatte durchaus keinen politischen Charakter. – In Italien, wo der Kronprinz im vorigen Jahre einen wahren Triumphzug hielt, hat er diesmal ohne jeden höfischen Zwang verweilt, hat aber doch viele bedeutende Menschen gesprochen und Gelegenheit gehabt zu erkennen, wie kräftigend ein freies Verfassungsleben auf ein Volk wirkt. Denn wenn auch Vieles in Italien noch unsicher und übel geordnet ist und manches Jahr vorübergehen wird, ehe das geeinte Italien sichere Grundlagen für ein starkes Aufblühen gewinnt, so muß doch Jeder fühlen, der sich dort als Besuchender um Politik kümmert, wie sehr der gesetzliche Kampf um den freien Staat die Charaktere bildet, Willenskraft und Interessen steigert, und damit den Staat selbst. Schon jetzt konnte, wer aus Italien nach Frankreich reiste, den Unterschied in Stimmung, Freudigkeit und frischer Energie der Menschen zwischen dem neuen Verfassungsstaat Italien und dem bevormundenden System des Kaiserreiches erkennen.

Zur Fahrt nach dem Orient bestieg der Kronprinz ein norddeutsches Kriegsschiff; und damit er die neue deutsche Macht würdig darstelle, war ihm ein ganzes Geschwader beigegeben; zum erstenmal seit fünfhundert Jahren, seit der Blüthezeit der Hansafahrer, sah das Morgenland eine deutsche Flotte.

Es waren nicht viele Schiffe; drei Corvetten und einige Kanonenboote, aber diese Schiffe fielen in den Häfen des Orients, zuletzt in Port Said am Eingang des Suezcanals, wohin fast alle seefahrende Völker Kriegsboote gesandt hatten, durch Bau, Ausrüstung und Bemannung vortheilhaft auf. Sie konnten sich unter den besten mit Ehren sehen lassen. Eine stattliche Schaustellung des deutschen Bundes in den Häfen des Orients und bei den Machthabern der muhamedanischen Welt war längst wünschenswerth geworden. Die Kunde von einer großen Umwälzung in Deutschland ist bis tief in den Osten zu Türken und Arabern gedrungen, in den Häfen des innern Mittelmeeres weht die norddeutsche Flagge häufig von den Masten der Schiffe und den Consulatgebäuden des norddeutschen

Bundes, und Auswanderer und Geschäftsleute aus dem deutschen Norden und Süden bedürfen überall Schutz gegen die Willkür der fremden Beamten und die Eifersucht anderer Völker des Abendlandes. Es gehört aber zu den Eigenthümlichkeiten der Orientalen, daß sie eine Machtentfaltung sehen und im Guten oder Bösen fühlen müssen, um daran zu glauben. Dort gilt die Persönlichkeit Alles, moderner Vertrag und Gesetzparagraphen wenig, der malerische, dramatische Eindruck der Stunde wirkt lange nach; nur was gefällt oder Furcht einflößt, gewinnt Bedeutung. – Nicht geringer war die Einwirkung der Reise auf die Deutschen im Orient, auch sie wurden sich fröhlich bewußt, daß sie seit dem Jahre 1866 Bürger eines Staates geworden sind, der in der Fremde geachtet ist, weil er sich Berücksichtigung erzwingen kann. Ueberall wurden die Besucher von den deutschen Kolonisten mit besonderer Begeisterung empfangen, der deutsche Thronerbe, umgeben von einem schönen Geschwader streitbarer Schiffe, erschien ihnen als glänzender und ruhmvoller Vertreter ihrer Heimat, sie hoben sich plötzlich ab von der Masse, in der sie gelebt, und sie empfanden alle Huldigungen und Artigkeiten, welche dem heimischen Fürsten erwiesen wurden, als Gewinn und Ehre, die ihnen selbst zu Theil wurden. Denn auch der Fremde wird dort nur so weit geachtet, als das Vaterland, dem er angehört, ihn stützt und trägt. Die große Mehrzahl der Deutschen im Orient sind Süddeutsche und Protestanten. Sie Alle erkennen, durch die starken Beweggründe der Vaterlandsliebe und des eigenen Nutzens getrieben, die Einigung Deutschlands und das Haus der Hohenzollern als einen Segen für ihr Dasein und stützen sich aus ganzem Herzen auf die Einrichtungen des norddeutschen Bundes. Die Besucher aus dem Heimatlande aber beobachteten mit warmem Antheil, welche Aufregung die Erscheinung des Prinzen, die Kanonen seiner Fahrzeuge und die vielbeleumdete Pickelhaube seines kriegerischen Gefolges hervorbrachten. Es gab nicht nur lauten Ruf begeisterten Grußes, zuweilen auch Freudenthränen.

In Athen, wo der Kronprinz zuerst anfuhr, ist die Zahl der Deutschen nur gering, das neue Hellas ist kein reichlich producirendes Land und der Grieche selbst ist ein zu guter Kaufmann und Geldmann, um dem Fremden ein großes Wirkungsfeld zu lassen. Der Besuch dort war die Idylle der Reise, ein kurzes freundliches Zusammensein mit der königlichen Familie und ein Versenken in die großen Erinnerungen der Landschaft und die Trümmer alter Kunstherrlichkeit, an deren Erforschung deutsche Gelehrte und die Geldmittel, welche von dem Könige von Preußen zur Verwendung gestellt wurden, namhaften Antheil haben. Anders zeigte sich Constantinopel. In dieser Weltstation des Handels ist für alle strebsamen Kräfte Raum und Gelegenheit zu lohnender Thätigkeit und Söhne aller Nationen tummeln sich hier im regen Verkehr. Dort war auch der Empfang des Kronprinzen durch die Deutschen massenhafter. In gedrängter Schaar hatten sie einen Lloyddampfer gemiethet und kamen unter norddeutscher Flagge, das Schiff mit allen deutschen Wimpeln und Flaggen geschmückt, dem Herrn bei seiner Anfahrt entgegen. Und derselben norddeutschen Flagge gehörte fast jedes dritte Schiff, das vorübersegelte oder im Hafen lag.

Auf den Handelsschiffen und unter den deutschen Colonisten fühlte man ebenso wie auf der Corvette, die den Prinzen trug, was diese Entfaltung deutscher Macht zu bedeuten hatte. Auch der Osmane merkte, daß die neuen schwarzweißrothen Farben, die er überall wehen sah, für sein Land von Wichtigkeit sein könnten. – Da die Könige von Preußen seit alter Zeit zu den Pflichten ihres Berufes die gezählt haben, das evangelische Bekenntniß zu schützen, so war selbstverständlich, daß der Kronprinz vor Allem die protestantischen Anstalten in Constantinopel: Kirche, Schule und Krankenhaus besuchte und ihnen materielle Hilfe zukommen ließ. Er hat auch Vertreter der Protestanten von türkischer Abkunft empfangen und ihnen Muth zugesprochen. Es ist dies nämlich eine geringe Zahl zerstreut wohnender Türken, meist aus den niederen Classen, welche vorzugsweise durch amerikanische Missionäre zum Christenthum bekehrt worden sind und ihre Duldung nur dem Schutze verdanken, den ihnen unsere Vertretung zu Theil werden läßt. Es ist nur ein sehr kleiner Anfang freierer christlicher Ordnung unter den Türken selbst, dennoch verdienen diese Leute unsere Beachtung und ihre warm geäußerte und neu bestärkte Anlehnung an das deutsche Fürstenhaus mitten in der muselmännischen Bevölkerung mag für die Zukunft nicht ganz ohne Folgen sein. Auch die Deutschen in Constantinopel durften sich sagen, daß dieser fürstliche Besuch für sie nicht werthlos war. Die orientalische Frage tritt ihrer Lösung unaufhaltsam näher, die Herrschaft des Halbmondes wird unsicherer und die Stimme der Großmächte bei der Pforte gewichtiger. Lange galt Preußen dort nur für eine fried-fertige Macht im entfernten Norden, es hatte höchstens eine beruhi-gende, keine leitende Stimme bei der hohen Pforte. Die persönliche Begrüßung mit dem Sultan und der Verkehr mit seinen gescheidten Ministern haben dort, wie es scheint, einige sehr lebhafte Eindrücke hervorgerufen. Die Preußen erwiesen sich als anständige und vor-nehme Leute, die für sich nichts Unbilliges von der bedrängten Pforte begehren. Deutschland aber hat die Aufgabe, den in der Tür-kei gewonnenen Einfluß gegen andere Mächte in die Wagschale zu werfen. Hier ist seit der Zeit Friedrichs des Großen Manches verlo-ren worden, was jetzt wiedererlangt werden kann.

Der Kronprinz fuhr von Constantinopel nach Jaffa, von da nach Jerusalem. Jaffa ist ein unbedeutender Ort und soll kein besonders guter Hafen sein. Trotzdem hat sich hier eine deutsche Landsmann-schaft angesiedelt, fast ausschließlich protestantische Sectirer aus Würtemberg. Sie haben eine amerikanische Anpflanzung von Orangenbäumen übernommen und streben danach, eine regelmä-ßige Verbindung Jerusalems mit Jaffa herzustellen. Da aber Jerusa-lem nichts weiter ist als ein Wallfahrtsort mit allem Mangel an Er-werbskraft, der solchen heiligen Stätten eigen zu sein pflegt, so wird dieser Versuch schwerlich lohnen. Die Anwesenheit des Kronprin-zen, welcher die Colonisten aufsuchte, soll diesen bei den türki-schen Behörden einige Berücksichtigung verschaffen, welche ihnen am Ende, wie wir besorgen, sehr nöthig sein wird.

Jerusalem lebt zum großen Theil von den Spenden, welche seine Anstalten und Einwohner aus Europa erhalten. Die griechische, armenische und lateinische Kirche haben dort große Hospize und Klöster, wo die gläubigen Wanderer Aufnahme finden, Gebete ver-richten, Opfer bringen. Die englische Kirche hat ein Gotteshaus, große Schule u. s. w. gebaut und sendet sehr bedeutende Mittel, um Kinder zu erziehen, Cultur und Christenthum zu verbreiten. Von den Juden wandern immer noch zahlreiche Fromme in alten Tagen dorthin, um in der Nähe der Tempelstätte zu sterben, welche am jüngsten Tage die Stätte der Auferstehung für alle Juden sein soll. Ihre Glaubensgenossen haben dort geräumige Häuser zur Aufnah-me der Pilger errichtet, und regelmäßig fließen beträchtliche Sum-men hin. Nur der deutsche Protestantismus entbehrte die gesellige und religiöse Vereinigung, obgleich die deutschen Protestanten die

Mehrzahl unter den Fremden ausmachen, welche dort selbständig durch ihren eigenen Erwerb, d.h. außerhalb jener Anstalten leben. Sie haben zunächst keine eigene Kirche. Seit langen Jahren wird dieser Mangel gefühlt. Friedrich Wilhelm IV. hat zwar, wie bekannt, in Gemeinschaft mit England ein evangelisches Bisthum gestiftet und den deutschen Protestanten einen Mitgebrauch der evangelischen Kirche gesichert, aber die Deutschen sind fast nur geduldet, nur am Nachmittag dürfen sie eigenen Gottesdienst halten, und sie müssen, wenn sie ganz an der Kirche Theil nehmen wollen, mehr oder weniger ihre Muttersprache aufgeben, da das Englische ihre Kirch- und Schulsprache wird. Daher kommt es häufig genug vor, daß deutsche Kinder die Heimatsprache gar nicht mehr lernen. Hier war die Aufgabe des neuen deutschen Staates, eine Gemeinde zu gründen und dem Kronprinzen wurde die angenehme Pflicht, persönlich dafür zu wirken. Die freien Plätze in Jerusalem gehören der türkischen Regierung, diese also mußte um einen Bauplatz angegangen werden. Da die Plätze Trümmerhaufen und an sich werthlos sind, konnte die Ueberlassung nur eine Schenkung sein. Die russische Regierung hatte vor einigen Jahren eine solche Schenkung erlangt, die preußische war trotz wiederholter Versuche zu keinem Ziel gekommen. Dem Kronprinzen überwies man auf den ersten ausgesprochenen Wunsch die Ruinen des alten Johanniterconventes, welche in der Mitte der Stadt und in der Nähe des heiligen Grabes liegen. Auf dieser Stätte, an welcher zahlreiche geschichtliche Erinnerungen aus den Kreuzzügen haften, sollen folgende Gebäude der deutschen Colonie errichtet werden: eine protestantische Kirche zur Vereinigung aller deutschen Protestanten, welche, nebenbei bemerkt, wieder meist Süddeutsche sind, dann eine von Diakonissinnen aus Kaiserswerth gegründete Schule für 200–300 Kinder der Eingeborenen, eine von Herrn Scheller zur Zeit der Maroniten-Ermordung gestiftete Waisenanstalt für 80 Knaben, ein Krankenhaus und ein Hospiz des preußischen Johanniterordens, endlich das norddeutsche Generalconsulat. Vorläufig hat, wie wir hören, der Johanniterorden sich bereit erklärt, mit allen seinen Mitteln zur Förderung des Werkes beizutragen. Diese Neubauten, für welche der Kronprinz an Ort und Stelle eifrig bemüht war, sollen den deutschen Landsleuten Zusammenhang, Kraft und Einfluß bringen.

Aus Jerusalem kehrte der Kronprinz nach Jaffa zurück, von dort segelte er mit dem Geschwader nach Beirut. In diesem Hafenplatz von Damaskus vereinigt sich der Handel des Libanon und der Verkehr Syriens und Persiens nach dem mittelländischen Meer. Die günstige Lage hat Beirut zu einem aufblühenden Platze gemacht, überall sieht man reges Leben, kräftigen Fortschritt und viel Wohlstand. Jeder Zuwachs an Cultur im Hinterlande kommt alsbald dieser Stadt zu Gute. Und es ist merkwürdig, welche unerwartete Folgen die bekannte gräuliche Ermordung der Maroniten für den Libanon gehabt hat. Wie einst der Brand von Hamburg eine neue großartige Entfaltung der Stadtkraft zur Folge hatte, so hat auch dem Libanon das plötzliche große Elend die Theilnahme und die Kräfte Europas zugelenkt. Nicht nur Geld, auch Menschen sind hingewandert. Gläubige Seelen eilten herzu, um die Waisen zu retten, christliche Schulen und Krankenanstalten wurden gebaut, um Geist und Leib jener bis dahin vergessenen und versunkenen Stämme wurde warmherzig gesorgt. Und wenn auch hier und da zu viel und nicht in der richtigen Weise gebessert worden ist, der ausgestreute Same fiel doch nicht ganz unter Dornen. Das Land gedeiht jetzt und scheint eine Zukunft zu haben. In Beirut haben deutsche Protestanten, Johanniter und Diakonissinnen ein Krankenhaus und eine Schule errichtet. Zwar ist die deutsche Colonie nur klein, doch ist hier vielleicht der günstigste Ort der Levante, wo die deutschen Tugenden: Fleiß und Ausdauer in Handel und Ackerbau, reiche Ernte zu gewinnen vermögen. Die türkische Oberhoheit ist für Fremde, welche mächtigen Staaten angehören, aus naheliegenden Gründen in vieler Hinsicht die freieste und bequemste, welche man finden kann.

Der Kronprinz verwerthete jede Gelegenheit, den Deutschen in Beirut zu nützen. Von dort unternahm er einen Ausflug nach dem Libanon und nach Damaskus. Ueberall wurde ihm ein Empfang, welcher bewies, daß die Macht, welche er darstellte, sich Achtung verschafft habe.

Gleicher Empfang wurde ihm, als er nach Egypten kam. In diesem Lande von unzerstörbaren Hilfsquellen wird der Ackerbau wohl stets den Eingeborenen gehören, Handel und Gewerbe aber stehen allen Fremden offen und gewähren um so reicheren Lohn, je mehr die fruchtbringende Kraft des Bodens sich entfaltet. Wer darf leugnen, daß es dort seit Mehemed Ali trotz aller Gewaltherrschaft schnell vorwärts gegangen ist? Das Nilthal zeigt bis an den Rand der Wüste überall die Spuren europäischer Bildung, Kairo ist fast eine europäische Stadt geworden, und Alexandrien hat das Aussehen eines Welthandelsplatzes. Der Kronprinz fand in Kairo eine deutsche Landsmannschaft von mehreren hundert Köpfen. Fackelzug und Lied huldigten ihm nach deutscher Weise am Abende nach seiner Ankunft und es war für alle Anwesenden ein fröhlicher Eindruck, bei dieser Gelegenheit im Lande der Pharaonen, der Pyramiden und Palmen deutsche Weisen eines kräftigen Männerchors zu hören. Am folgenden Tage legte der Herr den Grundstein zur ersten protestantischen Kirche in Kairo und gewährte im Namen seines Vaters die Mittel, mit dem Baue sofort zu beginnen. – In Alexandrien ist im Vergleich zu der großen Zahl von 50,000 Fremden die deutsche Landsmannschaft klein, sie zählt nur nach Hunderten. Doch auch diese, welchem Einzelstaate sie angehören mochten, thaten sich zusammen, um den Besuch des preußischen Thronerben mit Lied und Fackelzug zu feiern, in ihm die Idee der deutschen Einheit. Und wir dürfen rühmen, daß auch in Egypten die Vertretung des deutschen Staates eine würdige und bedeutungsvolle geworden ist. Ueber die Feierlichkeiten bei Eröffnung des Suezcanals haben die Zeitungen zur Genüge berichtet. Besonders ergötzlich war für die Deutschen der Verkehr an zwei orientalischen Höfen und die Haltung der beiden Herrscher, des Sultans und des Khedive. Kaum war ein größerer Gegensatz denkbar als zwischen den Hofhaltungen von Constantinopel und Egypten. In Constantinopel bei allem Fremdartigen und bei der fast märchenhaften Pracht des alten Orientes ein stolzes Selbstgefühl und die vornehme Höflichkeit eines großen Hofes, würdige Formen der Dienstthuenden und eine Erhabenheit des Herrschers, welche zwar dem hohen Gaste ritterliche Artigkeit erwies, seinen Begleitern aber nicht wenig von dem Hochmuth eines morgenländischen Fürsten zu fühlen gab. In Egypten dagegen unter ausgesuchter modischer Pracht, die eifrige Bethulichkeit eines Aufstrebenden, welchem vornehme Haltung und Sicherheit des Selbstgefühls durchaus nicht zu Gebote stand; dort der große Herr, hier der reich gewordene Bankier.

Bei der Eröffnung des Suezcanals war die norddeutsche Kriegscorvette Hertha das erste größere Kriegsschiff, welches die neue

Weltstraße befuhr. Möge dies ein gutes Vorzeichen für unsere Marine, wie für das großartige Werk des Canals sein. Unsere Flotte wie der Canal sind noch im Werden, beide werden noch viel Geld kosten, ehe sie fertig sind, aber für wirkliche Bedürfnisse der Menschheit hat es auf die Länge nie an Gelde gefehlt. Nicht weniger als die Flotte gefiel in Egypten die kräftige Gestalt des Thronerben im frischen Glänze des Feldherrnruhmes. Wie der Orient dergleichen auffaßt, zeigt folgender Zug. Als der Kronprinz drei Wochen nach dem Kaiser von Oestreich die Pyramiden besuchte, frug einer von den Wüstenhäuptlingen, welche herangeritten waren: »Ist das der, welcher den Kaiser geschlagen hat?« »Ja.« Der Araber sah nach dem Prinzen: »Er sieht darnach aus, aber so groß, wie man erzählte, ist er doch nicht; er sollte zehn Ellen hoch sein.«

So war die Reise des Kronprinzen, welche ihm selbst einen Reichthum neuer, prachtvoller Anschauungen und lehrreicher Beobachtungen gewährt hat, auch nicht ganz ohne Nutzen für unseren Staat, denn sie hat wesentlich die Einheit und das Selbstgefühl der Deutschen im Orient gekräftigt und unserem Volksthum bei den Fremden achtungsvolle Scheu erweckt.

Der Kronprinz hat den Grundstein zu einer protestantischen Kirche in Kairo gelegt. Doch sei mit geziemender Bescheidenheit noch ein anderes Erinnerungszeichen vorgeschlagen, welches der hohe Herr in derselben Stadt errichten könnte. Dort gehen trotz lohnender Arbeit viele wackere Deutsche zu Grunde, weil sie bei einer Erkrankung kein deutsches Asyl haben. Es wäre ein schöner Denkstein seiner Anwesenheit in Egypten, wenn er Einfluß und Thätigkeit der *Ausstattung eines deutschen Krankenhauses in Kairo* zuwenden wollte.

Die Kaiserkrone.

Preuße und Schwabe.

(»Im Neuen Reich« 1871, Nr. l.)

Schwabe.

Woher, Geselle?

Preuße.

Heimwärts aus blutgetränktem Feld.
Im Sturm zerflogen sah ich der Feinde Heergezelt;
Das Größte lebt' ich: Siegruf und todverachtend Sterben,
Ein Reich, das neidisch arge, geschlagen in hundert
Scherben.

Schwabe.

Auch uns daheim bescherte die Zeit ersehntes Glück;
Verlorne Reichsgenossen warb unser Schwert zurück,
Die Herzen der Deutschen schlagen einträchtig jetzt
zusammen,
Verbrannt sind kleine Fehden in hellen Kriegesflammen,
Geschirrt an einen Wagen Germaniens edle Rosse.

Preuße.

Sie schnauben hart gebändigt im großen Heerestrosse.
Ungleich sind die Geschirre; 's ist schnelle Lagermache,
Der Sattler war in Eile.

Schwabe.

Zu bessern sei die Sache
Des Volkes und des Lenkers auf hocherhöhter Bank.

Preuße.

Hui, ich versteh! Ihr Knaben erhebt den Festgesang:
Kiffhäuser heißt ein Hügel in Schwarzburg-Rudolstadt,
Dort haust in Spinneweben die Kaisermajestat.

Schwabe.

Sei ernsthaft.
Alt Verblichnes lebt auf in schönrem Glanz,
Die Krone liegt in Arbeit.

Preuße.

So eifrig hatte man's?

Schwabe.

Wir stehn in alter Reichsstadt; gewandelt siehst du heut
Den Bilderschmuck der Straße, der sich den Käufern
beut.
Vor Kurzem wart ihr Preußen ein gern entbehrter
Schatz,
Heut prangt das Bild des Königs an jedem Ehrenplatz.
Schau hier die beiden Helden, den Vater und den Sohn,
Die Kraftgestalten fügen sich gut zum höchsten Thron!
–

Preuße.

Ich grüß' euch, hohe Herren! Ihr führt als König-
schmuck
Den Helm von hartem Leder; ihr trugt ihn stolz genug.
Jetzt haben die Fürsten Deutschlands den Kaiserreif
gebracht,
Sie haben widerwillig das eigne Heil bedacht,
Durch sie nur und mit ihnen hat Kaiserwürde Sinn.
Jetzt seid ihr gesellt den andern, als erste, wohl, weithin

Vom Niemen bis zur Mosel! – Bisher doch wart ihr
mehr:
Heerkönige des Volkes, den Fremden starke Beschwer,
Unheimlich, stets verdächtig, wie dunkle Wetterwolke.
–

Blutbrüderschaft verbindet euch
Jedem aus eurem Volke
Zum Leben wie zum Tode.
Das Amt die höchste Ehr',
Sehr streng die Zucht, die Arbeit, die zugemeßne,
schwer,
Gering oft das Behagen im engen Haus!
Und doch Hingab' und Treu' im Dienen.
Es sieht der Kleinste noch
Ehrfürchtig und vertraulich nach eurem Haupte hin,
Das schwere Amt des Königs liegt immer in seinem
Sinn;
Ihr dient, wie er, für Alle, Werkmeister in eurem Staat.
Und schlagt ihr an den Heerschild, dann weicht zu
blut'ger That

Von Weib und Kind der Vater, er zieht in euren Streit
Nicht opferfroh, nicht eitel, 's ist seine Schuldigkeit,
Wie eure. Ob hinten im Rücken sein kleiner Acker ver-
sande,
Die Liebsten darben und sterben, er gehört zuerst dem
Lande,
Wie ihr. Und liegt am Abend zu Tode getroffen der
Mann.
Dann reitet ihr über die Walstatt im Donner der
Schlacht heran,
Walküren des Todes und Sieges. Der Wunde rafft sich
empor
Und ruft sein schwaches Hurrah euch grüßend an das
Ohr.
Ihr schwingt vom Roß zum Boden und beugt euch über
ihn her,
Zwei Preußen sehn sich ins Antlitz, – ihr seid bereit,
wie er,

Der starke Zwang des Staates, das ist der Preußen
Ruhm,
Die Brüderschaft im Heere der Zollern Königthum!
Viel Großes sah ich bei Fremden, so stolze Krone nicht,
Viel Schönes gedeiht dort besser, doch nirgend so hohe
Pflicht.

Schwabe.

Und meinst du, daß neuer Name so feste Treue bricht?

Preuße.

Wir sind als Königsleute zu rühmlichem Volk gewor-
den,
Wir haben alle Deutsche geladen in unsern Orden
Durch Brudergruß und Waffen; wir halten im Eisenring
Die deutschen Völker zusammen, der goldne gilt ge-
ring.
Soll unser König von Fürsten verliehene Krone tragen?
Beim Geist des großen Friedrich, das will uns nicht be-
hagen.

Schwabe.

Die Fürsten bringen die Krone, sie küren auch sich den
Herrn,
Dem Volk den höchsten Walter; nicht jeder fügt sich
gern.
Die alten Herrengeschlechter bewahren stolzen Muth,
Gleich schätzt sich jeder dem andern in deutschem
Fürstenhut,
Sie wissen, daß sie ein Opfer gemeinem Wohl gebracht.

Preuße.

Nicht goldnen Schein, das Wesen begehren wir der
Macht.

Schwabe.

Doch wenn der Herrschaft Wesen zugleich am Scheine
hängt?
Wenn Kaiserwille fester die Seelen im Volke lenkt?
Gewaltig schallt der Name des Kaisers über den Main,
Er läutet wie Kirchenglocken euch den Gehorsam ein;
Der Goldring macht zum Erben uralter Herrlichkeit,
Daß Herrschaft herrlich werde, war Wunsch zu jeder
Zeit;
Euch Preußen vermochten lange die Fürsten zu wider-
stehen,
Doch nimmer dem deutschen Kaiser.

Preuße.

Sie haben sich vorgesehen,
Verbrieft sind ihre Rechte.

Schwabe.

Doch auch die Kaisermacht;
Daß ihr euch der Macht enthaltet,
das hat wohl Niemand gedacht.

Preuße.

Verständig mahnst du. Dennoch bleibt stille Sorge zu-
rück,
Wir kleinen Leute bedenken der Herren eignes Glück,
Um Thron und Krone schweben neidmuthig finstre
Gewalten,
Wir möchten die Zucht der Zollern auch spätem Ge-
schlecht erhalten,
Ob sie gesund uns dauern, das ist's, was am tiefsten
härmt.
Ich sah ein Volk der Bienen, das ohne Weisel schwärmt,

Das Haus der alten Gebieter ist drüben im Keltenland
Verfürstet und verdorben, vom Grund der Väter ge-
bannt;
Jetzt wählen sie und verscheuchen durch tönendes
Wort im Saal,
Durch Bürgerkrieg auf den Gassen, wohl lange währt
die Qual.

Was wahrte den Hohenzollern die starke Jugendkraft?
Sie stehn mit den deutschen Völkern in Bundgenossen-
schaft,
Mit uns – nicht gegen die Fürsten, wenn diese unser
gedacht,
Doch gegen eitles Begehren und hohe Niedertracht.
Das hat die Fürstenwillkür stets unsern Herren gebän-
digt,
Das hat in gutem Frieden stets innern Zwist beendigt,
Thatlustig hob es den Greisen, dem Tapfern mehrt' es
die Tugend,
Daß sie um Deutschland warben, schuf ihnen die holde
Jugend.

Schwabe.

Gewandelt ist das Kampffeld, es bleibt der alte Streit,
Jetzt hält das deutsche Banner der Kaiser im Waffen-
kleid.

Preuße.

Du sagst es. Nur besorg' ich, der alte Cäsarenname
Erregt ein graulich Gewölke vom staubigen Trödel-
krame.
Der Herold schon enthebt sich dem Grab und sinnt zur
Stelle
Wie er dem Preußensilber das Kaisergelb geselle,
Und kratzt auf jeden Eckstein sein kaiser-königlich.
Die Stufenleiter der Edeln stellt hoch und höher sich,
Erz-alte Würden erstehen gehüllt in Puppenkleider

Von neuer Prachterfindung der Tapezier' und Schnei-
der.

Wir werden für junge Prinzen die hohe Fürstenschule,
Ein jeder rückt sein Stühlchen zum sammtnen Kaiser-
stuhle,
'S wird modisch, daß höchster Adel in Waffen zu Hofe
geh',
Breit lagert in Heer und Hallen der Cötus A und B,
Manch tapferer Knabe darunter, manch einer vom bes-
ten Schlag,
Die meisten Rippesarbeit, zu sein für den Werkeltag,
Wir haben an Prinz-Generälen und hohen Orden ge-
nug,
Den Zuwachs heranzulächeln vermeidet der Preuße
mit Fug,
Volkshüter nennst du den Kaiser? er wird auch Fürs-
tenwirth,
Der trotzige Bankgenossen durch edle Spenden kirrt, –
Das alles ist einzeln wenig, im Schwarme wird es
Fluch,
Es drängt sich in jede Stunde, es füllt das Pflichtenbuch
Des Tages, es legt sich als Nebel inzwischen Volk und
Herrn.
Den alten Cäsarenfrevel hält deutsche Ordnung fern,
Nicht mehr das Ungeheure verstört den Fürsten die
Tage,
Das thut das Kleine, Gemeine: die ewige Hatz, die Pla-
ge
Des prächtigen Scheins, die Sorge nie
Einem zu schaffen Leid,
Die wirkungsfrohe Verschwendung der Liebenswür-
digkeit.
Sieh, darum ist mir leidig das rostige Kaiserschwert,
Weil es geliebten Herren Gefahr des Amtes mehrt.
Die als geprüfte Männer jetzt unter Krone gehn,
Sie mögen allem Bedrängniß der Würde widerstehn,
Doch Andre kommen.

Schwabe.

Es fordert sich jede Zeit den Mann,
Das Volk selbst zieht sich die Fürsten, ob gut, ob arg
heran;
Was Sehnsucht Vieler gewesen im letztvergangnen Geschlecht,
Zum Throne steigt es im nächsten und fordert sich Her-
renrecht,

Lieb oder leid dem Volke; was Fehler des Volkes war,
Das wird wie im Gegenlichte durch That der Fürsten
klar,
Denn Sklavensinn der Diener macht Fürstennacken
steif,
Geschmeidig Fügen des Volkes beschwerlich den Kro-
nenreif.
Drum sinnen wir nicht um Jene, nur daß wir selbst be-
stehn,
Wenn unsere Söhn' einst prüfend auf Arbeit der Väter
sehn:
Ehrbare Zucht im Hause, Muth freier Männer im Staat;
Und sonst schafft jede Zukunft sich selber den besten
Rath.

Preuße.

Zu guter Stunde mahnst du. Indem wir Zeichen deuten
Verkündet den Deutschen ihr Neujahr vom Thurm das
Glockenläuten.

Und so den lieben Häuptern der Fürsten zugewandt,
Erfleh' ich Heil und Segen dem großen Vaterland:
Nach harter Schlachtenarbeit sei heißersehnter Frieden,
Die alte Königstreue sei neuem Reich beschieden.

Neues und altes Kaiserceremoniell.

Im Neuen Reich 1871, Nr. l3.)

Bevor der erste deutsche Reichstag durch den Kaiser eröffnet wurde, war den Anwesenden eine kleine Ueberraschung bereitet. An Stelle des preußischen Königsthrones war ein werthvolles Museumstück aufgestellt, wenn die Zeitungen recht berichten, ein Stuhl aus der Sachsenzeit, in welchem einmal alte Kaiser gesessen haben konnten, von Goslar in eine Privatsammlung gerettet, unten von Stein, oben von Erz, eine sehr merkwürdige Erinnerung. Der geheimnißvolle Stuhl aus dem Urwald deutscher Geschichte war dem Vernehmen nach widerwillig, sich der modernen Feierlichkeit einzupassen, es mußte lange an ihm herumgepocht werden. Wurde vielleicht gar durch ihn die ganze Feierlichkeit um eine halbe Stunde aufgehalten? Uns Draußenstehenden macht der Schmuck des Stuhles antiquarische Gedanken. Dergleichen Stein- und Erzwerk wurde in alter Zeit bei Feierlichkeiten nur als Gerüst betrachtet, es wurde mit einem Teppich überdeckt, den Frau Adelheid nach italienischem Muster gestickt, oder Frau Theophano aus der Damastweberei von Byzanz mitgebracht hatte, und auf den Sitz wurde jedenfalls ein schönes, weiches Kissen gelegt. Ohne das Kissen hätte sich ein alter Sachsenkaiser nur unwillig in den kalten Stein gesetzt. Warum? Er hatte ja keine Hosen an; die Strümpfe, welche ihm das Frauengemach seiner Gemahlin anmaß und nähte, reichten zwar hoch hinauf, indeß – um es kurz zu sagen, man hatte damals nach dieser Richtung viel natürliches Zartgefühl. Wir hoffen, daß der Stuhl noch lange zur Freude von uns Alterthümlern unter seiner Nummer dort aufbewahrt wird, wo man derlei ehrwürdigen Trödel zu schätzen die Muße hat.

Von der Tagespresse wurde mit großer Befriedigung hervorgehoben, daß die Reichskleinodien, welche im Zuge getragen wurden, unsere alten preußischen waren. Sie haben freilich für den Schauenden nicht sämmtlich gleiche Bedeutung. Wenn Graf Moltke das Schwert des Kaisers hielt, so sind die Gedanken, welche gerade jetzt bei diesem Anblick aufsteigen, so mächtig, daß sie einem ehrlichen Gesellen Wohl Rührung in die Augen treiben können. Von den anderen ehrwürdigen Kleinodien sind uns Krone und Scepter noch von Thalern und Wappenschildern so ziemlich verständlich, obgleich die wahre und eigentliche Krone des Königs von Preußen und des neuen Kaisers der Helm ist. Schlimmer daran ist der liebe alte Reichsapfel, lateinisch das Pomum genannt, dessen eigentliche sinnbildliche Bedeutung keineswegs feststeht. Und es ist keinem kleinen Prinzen zu verdenken, wenn er beim Anblick dieses fürstlichen Brummküsels in Versuchung kommt, eine Peitschenschnur herumzuwickeln und denselben in stillem Gemach als Kreisel herumzutreiben.

In ältester Zeit freilich hatten diese Stücke weit andere Bedeutung. Nur durch sie konnte man König und Kaiser werden. Nur dadurch, daß dem gekürten Mann die Kappe um den Leib gelegt, die Krone auf das Haupt gesetzt, Speer und Scepter in die Hand gegeben wurden, ward sein deutsches Königthum geschaffen. Ohne die Ceremonie war er nicht König und vermochte nicht eines seiner Königsrechte auszuüben. Aber noch mehr, auch die Königskleinodien vermochte er sich nicht arbeiten zu lassen. Die Fähigkeit, alle Rechte der Würde auszuüben, hing an bestimmten überkommenen Stücken. Und nicht bloß, weil diese gerade ehrwürdig waren und zum Königsschatz gehörten. Sie hatten vielmehr ein gewissermaßen persönliches Leben. Sie waren irgend einmal durch starke Segen und Gebete der Frommen geweiht und erfreuten sich des besonderen Schutzes der einflußreichsten Heiligen im Himmel. In alle waren zur Verstärkung ihrer Kraft Reliquien gebunden. Die Kappe war selbst die Hinterlassenschaft eines Heiligen, und man wußte, daß sie, am Schlachttage getragen, dem Tragenden Sieg verlieh, die Reliquien im Bügel der Krone, im Schaft des Speers, im Knopf des Schwertes bewahrten vor dem Messer des Mörders, oder gaben guten Entschluß im Rathe, auch der Reichsapfel, seitdem er nachweisbar ist, war wahrscheinlich eine Reliquienhülle. Und noch anderer Zauber hing an den Kleinodien, den nicht die christliche Kirche zugefügt hatte. Alle diese Stücke hatten ein Schicksal, sie hatten früheren Besitzern Ruhm und Ehre gebracht, um ihren Besitz war schwere That gewagt und abgewehrt worden, wer sie empfing, der empfing Segen und Fluch vergangener Geschlechter, der über sie und gegen sie gemurmelt worden war. So waren sie Gegenstände einer hohen, furchtsamen Verehrung, welche ihren Besitzer in Vielem über das gewöhnliche Menschenloos heraushoben und unter den besonderen Schutz der Heiligen stellten. Kein Wunder daher, daß sie ängstlich behütet wurden, und daß ein Besitzer vor seinem Tode sie zuweilen sorglich seiner Gemahlin oder einem treuen Verwandten zur Bewahrung überwies, wenn er wußte, daß diese bei dem nächsten Wahlherrn der Deutschen geringe Freundschaft finden würden. Er konnte seinen Lieben kein besseres Erbe hinterlassen, denn diese erhielten dadurch Gelegenheit, mit dem neuen Kronträger einen vortheilhaften Vertrag zu machen.

Doch das alles ist lange her. Jetzt sind uns diese Kleinodien bedeutungsarme Schaustücke geworden, die unsere Herrscher nach Zeitgeschmack und persönlichen Wünschen umformen lassen, um sie nicht zu gebrauchen. Selbst die Krone ist so unwesentlich, daß der König oder Kaiser, in dessen Nahe niemals dieses Goldgeschmiedewerk sichtbar wäre, auch nicht den kleinsten Theil seiner Machtfülle und Majestät verlieren würde. Wir hören jetzt, daß dergleichen doch für die neue Kaiserwürde in Arbeit gegeben sein soll. Und wieder melden die Zeitungen, daß die Majestät von Baiern sogar die Krone ihres kaiserlichen Ahnherrn Ludwig als Ehrengeschenk dem Kaiser verehren wolle. Das wäre gewiß recht freundlich von dem Haupt des erlauchten Hauses Wittelsbach gedacht, und wir möchten um Alles nicht eine deutsch-patriotische Absicht kränken. Aber wir haben ja von solchen guten Werthstücken bereits den erwähnten Stuhl. Und sollte die Krone Ludwigs eine Aufmerksamkeit sein für eine andere Aufmerksamkeit, welche Weißenburg hieße, so würde dieses Geschenk von den Deutschen mit Blicken betrachtet werden, deren bösen Schein wir sowohl von dem Haupte unserer Hohenzollern als den des Königs Ludwig für immer abgewandt wünschen.

Ja, wir haben eine entschiedene Abneigung Erinnerungen an das alte Kaiserthum des heiligen römischen Reiches im Hause der Hohenzollern wieder aufgefrischt zu sehen. Wir im Norden haben den Kaisertitel uns – ohne große Begeisterung – gefallen lassen, soweit er ein politisches Machtmittel ist, unserem Volke zur Einigung helfen mag und unseren Fürsten ihre schwere Arbeit erleichtert. Aber den Kaisermantel sollen unsere Hohenzollern nur tragen wie einen Offiziersüberrock, den sie im Dienst einmal anziehen und wieder von sich thun; sich damit aufputzen und nach altem Kaiserbrauch unter der Krone dahinschreiten sollen sie uns um Alles nicht. Ihr Kaiserthum und die alte Kaiserwirthschaft sollen nichts gemein haben, als den – leider – römischen Cäsarnamen. Denn um die alte Kaiserei schwebte so viel Ungesundes, so viel Fluch und Verhängniß, zuletzt Ohnmacht und elender Formenkram, daß sie uns noch jetzt ganz von Herzen zuwider ist. Von Pfaffen eingerichtet, durch Pfaffen geweiht und verpfuscht, war sie ein Gebilde des falschesten und verhängnißvollsten Idealismus, welcher je Fürsten und Völkern den Sinn verstört, das Leben verdorben hat. Schwer hat unsere Nation die innerlich unwahre Idee gebüßt, Jahrhunderte der Schmach und des politischen Verfalls sind aus ihr hervorgegangen.

Die Hohenzollern haben uns aus dem Jammer herausgehoben, und gerade sie sollen nicht der Rache der höhnenden Dämonen verfallen, welche noch immer hinter den Lappen des alten verschossenen Kaisermantels lauern, und unseren Herren den Schein für das Wesen, den Vorsitz an fürstlicher Tafelrunde für die Herrschaft über ein einiges Volk geben möchten. Unsere Kaiser sollen ernsthafte Geschäftsleute sein, welche das Wesen der Macht erfreut, nicht der Goldglanz, nicht ein neuer Reichsherold Germania, nicht ein abenteuerliches vierfarbiges Kaiserbanner und nicht die große fürstliche Festtafel, bei welcher verdiente Generäle, die unsere Feinde geschlagen haben, verurtheilt werden, hinter dem Stuhl durchlauchtiger Herren aufzuwarten, welche vielleicht als müßige Zuschauer die Reise in Feindesland mitgetrödelt haben.

Doch diese Zeit voll Politik lenkt auch einen bescheidenen Antiquar aus Stil und Ordnung des Vortrags. Es war hier nur die Absicht, einige alte Momente kaiserlicher Thätigkeit neben neue zu halten. Wenn kritische Naturen des Berliner Hofes über solchen Brauch, wie den Vortritt des Hofes bei dem feierlichen Eintritt des Kaisers zur Thronrede urtheilen, so äußern sie wohl die bescheidene Ansicht: bei uns macht man dergleichen nicht gut. In Wahrheit macht man's wahrscheinlich so gut wie anderswo, uns fehlt nur gar sehr das Gemüth für solche dramatische Schaustellung. Unser volles Interesse liegt ganz wo anders. Nicht das Ceremoniell um die Thronrede, sondern ihr Inhalt, nicht Uniform und Orden des Kaisers, sondern der Ausdruck seiner Mienen, die Betonung seiner Worte sind uns bedeutsam. Das Andere geht so nebenher, je anspruchsloser, desto besser.

Wir haben jetzt nur eine häufigere öffentliche Handlung, bei welcher der Kaiser vor seinem Volk in wirklicher Machtentfaltung erscheint, und das ist unsere Parade. Die Königsparaden sind die größten und am meisten charakteristischen Repräsentationsfeste der deutschen Königsmacht; das soll auch der nicht leugnen, der sie vielleicht einmal langweilig findet und der Störung des hauptstädtischen Verkehrs grollt.

Es ist lehrreich, damit die etwa entsprechenden Acte der alten Kaiserwürde zu vergleichen, aus dem sechzehnten Jahrhundert, der Zeit, wo sich die Kaisermacht auf einige Jahrzehnte aus tiefem Verfall zu großem Glänze erhob und wo alter Brauch des Mittelalters noch sorgfältig geübt wurde. Freilich bei kriegerischen Musterungen hatte der alte Kaiser selten Gelegenheit, in seiner Machtfülle zu erscheinen. Bis zur Hohenstaufenzeit hatten die Römerfahrten zuweilen eine großartige Veranlassung geboten, seitdem war das Mustern gesammelter Vasallen oder geworbener Fähnlein eine peinliche, schmucklose Arbeit geworden. Und die Nation sah wenig von ihrem Kaiser. Nur eine häufig wiederkehrende Veranlassung zur öffentlichen Darstellung kaiserlicher Majestät war geblieben, die Ertheilung von Fahnenlehen. Sie fand statt nicht nur nach neuer Kaiserwahl, auch nach jeder Besitzänderung in den großen Adelsgeschlechtern, sie wurde wohl auf jedem Reichstag das größte Fest. Und da der Brauch dabei sehr alterthümlich war, uns ganz fremdartig geworden und selten beschrieben ist, und da er genau ebenso die alte Kaisermacht kennzeichnet, wie die Königsparaden der Hohenzollern die neuzeitliche, so soll hier kurz davon berichtet werden. Auf dem Platz der Reichsstadt wurde ein Gerüst errichtet, mit breiten Stufen, es mußte unter freiem Himmel sein und es mußte umritten werden können. Darauf der Kaiserstuhl und die Sitze der Kurfürsten, Alles mit schönen Teppichen und golddurchwirktem Stoff bedeckt, in der Nähe waren Ankleidezimmer für den Kaiser und die Kurfürsten. Zur bestimmten Stunde kam der Kaiser mit den Kurfürsten und großem Gefolge angeritten, stieg bei seinem Ankleidezimmer ab und legte den schweren goldenen Kaisermantel und die Krone an. Dann schritt er im Kaiserschmuck und der Krone mit großem Zuge auf das Gerüst und setzte sich auf den Kaiserstuhl, weit sichtbar, sehr stattlich; zur rechten und zur linken Hand saßen die Kurfürsten, welche die Reichskleinodien im Zuge getragen hatten: Mainz das Evangelienbuch zum Schwur, Sachsen das Schwert, Brandenburg den Scepter, Rheinpfalz den Reichsapfel. Darauf ritt, bis dahin unsichtbar, der Rennhaufe des fürstlichen Vasallen heran, welcher das Lehn erhalten sollte. Es waren seine Vasallen und Reisigen, in seine Farben gekleidet, die Edelleute darunter in Sammt mit Federn, Alle kleine Fähnlein in den Händen oder auf den Häuptern der Rosse; in der Mitte aber führte der Haufe die rothe Rennfahne, die auch Reichsfahne oder Blutfahne genannt wurde. In gestrecktem Roßlauf umrannte die Schaar das Gerüst mit dem Kaisersitz – die schnelle Gangart dabei war uralter Brauch der Deutschen, die auch beim Turnier so gegeneinander ritten, die Romanen nur im Trabe. – Nachdem der Kaiserstuhl zum erstenmal »berannt« war, ritten die Boten des Vasallen heran, Reichsfürsten von seiner Freundschaft, sie stiegen vor dem Gerüst ab, knieten auf den Stufen nieder, und knieend bat der Sprecher unter ihnen den Kaiser um die Ertheilung der Lehne. Darauf stand Mainz auf, besprach sich mit dem Kaiser, dem laut zu reden gar nicht zugemuthet wurde, und antwortete, daß der Kaiser bereit sei. Hatten die Boten wieder ihre Rosse bestiegen, so kam nach dem zweiten und dritten Rennen der Blutfahne der Reichsfürst selbst unter Trompeten- und Paukenschall mit seinem Gefolge und einem Reiterhaufen in allem Glanz, den er aufzubringen vermochte, angeritten, vor ihm alle Fahnen seiner Lehen, deren Bilder in den Wappenfeldern unserer alten Familien erhalten sind. Auch er ritt im Galopp an das Gerüst, stieg ab und kniete nieder. Dann legte Mainz das Evangelienbuch in den Schoß des Kaisers, der Kaiser faßte mit beiden Händen die oberen Ecken, der Lehnsfürst legte die Hand auf das Buch und schwor den Vasalleneid. Darauf ergriff der Kaiser das Schwert am Kreuzgriff und bot den Knopf dem Vasallen, dieser faßte daran und küßte den Knopf, war er aber ein geistlicher Fürst, so wurde ihm die Spitze des Scepters geboten. Darauf wurden die Fahnen gebracht, zuerst die Blutfahne, dann die Lehensfahnen, der Kaiser faßte mit der Hand an jede, und darunter ebenso der Vasall. Waren die Fahnen angefaßt, so wurden sie von dem kaiserlichen Herold Germania unter das schauende Volk geworfen, die Leute rissen sich darum und trugen die Fetzen als Beute heim. Als aber im Jahre 1566 bei der Belehnung des Kurfürsten August durch Maximilian II ein kecker Reiterknabe die Fahne des Herzogthums Sachsen – die mit dem Rautenkranze – behend ergriff und unversehrt entführte, freuten sich die Sachsen über das gute Vorzeichen und der Reiter erhielt eine Belohnung. Nicht immer ging dieser Act der Belehnung ohne Zwischenfall vor sich. Als im Jahre 1530 Karl V die Herzöge Jörg und Barnim von Pommern belehnte, erhob sich Kurfürst Joachim von Brandenburg nach dem ersten Rennen der Pommern und wahrte in schöner Rede seine Ansprüche auf die pommerschen Lande, und als darauf die beiden Herzöge knieend an die Fahnen faßten, trat auch er hinzu und faßte auch mit der Hand an die Stangen. – Der Belehnte trat unter die Fürsten auf dem Gerüst. War allen Werbern ihr Lehen ertheilt, dann kehrte der Kaiser im Zuge zu seinem Ankleidezimmer zurück, legte die Bürde des Kaiserschmucks ab, verabschiedete freundlich die Fürsten und ritt nach seiner Herberge.

Man beachte sein Verhältniß zu der feierlichen Handlung. Er war der geweihte Vertreter des Reiches, er mußte die Kaiserkrone tragen, unter freiem Himmel sitzen, von den Reichskleinodien umgeben sein, gewisse Handgriffe thun, um die wichtigsten Rechtshandlungen des Reiches zu vollziehen. Das Volk freute sich, wenn er tapferlich dasaß, und es schätzte sorgfältig den Geldwerth der Krone und seines goldenen Chormantels, auf dessen Rückseite der kaiserliche Adler gestickt war. Sprechen durfte er nicht, das besorgte für ihn der Erzbischof von Mainz; die bewaffnete Mannschaft gehorchte – abgesehen von seiner Hausmacht – denselben Vasallen, deren Landbesitz nur durch seine Verleihung zu einem rechtlichen wurde; das Geld hatten die Fürsten und Reichsstädte, und dies war für ihn noch schwerer zu bekommen, als die Schaaren seiner Vasallen. Dauerte die Feierlichkeit lange, dann wurde ihm die Krone zu schwer, und der König von Böhmen mußte sie im Schoß halten, nur so oft ein Lehnsmann mit den Fahnen anrannte, mußte sie wieder aufgesetzt werden. Aber das Ceremoniell, dem er leidend diente, war wieder sehr bedeutsam. Trug er nicht die Krone auf dem Haupt, so konnte er nicht Lehen zutheilen, faßte der Vasall nicht an die Fahnenstange, so begab er sich seines Rechtes an den Landbesitz.

Ist das nicht grundverschieden von moderner Auffassung der Kaiserwürde? Auch die Kaiserparade unter den Linden hat manchen eigenthümlichen Brauch, den ohne Zweifel ein kundiger Mann in ferner Zukunft seinen Deutschen schildern und als höchst bedeutsam darstellen wird. Was aber ist bei uns die Hauptsache? Nicht daß der Kaiser in kriegerischem Schmuck vor Heer und Stadtvolk sich zeigt, sondern das Urtheil, welches er über seine Truppen fällt, seine soldatische Ansicht, seine Zufriedenheit, sein Lob, sein Tadel. Wir sehen und suchen in ihm stets den Kriegsherrn, den Befehlshaber, den höchsten Beamten des Reiches, den tüchtigen Mann von Sinn und Urtheil. Vor der Majestät des alten Kaisers beugte auch der stolzeste Reichsfürst sein Knie zur Erde, aber jede persönliche Willensäußerung des Kaisers war den Vorfahren unbequem, oft gleichgültig; unserem Kaiser stehen wir Mann zu Mann mit offenem Auge gegenüber, wir achten an ihm nicht Krone und goldenen Chormantel als die weitsichtbaren Abzeichen seines Amtes, und nicht die Handgriffe und dramatischen Bewegungen, durch welche er waltet, sondern wir verehren in seinem hohen Amt seine persönliche Tüchtigkeit, den Wollenden, den großen Arbeiter für die Nation. Und deshalb ist der Nation das Ceremoniell und die äußerliche Darstellung seines Kaiserthums nur soweit erträglich, als das Unwesentliche nicht die Zeit und den Ernst seines thätigen Lebens beengt.

Über tredition

Eigenes Buch veröffentlichen

tredition wurde 2006 in Hamburg gegründet und hat seither mehrere tausend Buchtitel veröffentlicht. Autoren veröffentlichen in wenigen leichten Schritten gedruckte Bücher, e-Books und audio-Books. tredition hat das Ziel, die beste und fairste Veröffentlichungsmöglichkeit für Autoren zu bieten.

tredition wurde mit der Erkenntnis gegründet, dass nur etwa jedes 200. bei Verlagen eingereichte Manuskript veröffentlicht wird. Dabei hat jedes Buch seinen Markt, also seine Leser. tredition sorgt dafür, dass für jedes Buch die Leserschaft auch erreicht wird.

Im einzigartigen Literatur-Netzwerk von tredition bieten zahlreiche Literatur-Partner (das sind Lektoren, Übersetzer, Hörbuchsprecher und Illustratoren) ihre Dienstleistung an, um Manuskripte zu verbessern oder die Vielfalt zu erhöhen. Autoren vereinbaren direkt mit den Literatur-Partnern die Konditionen ihrer Zusammenarbeit und partizipieren gemeinsam am Erfolg des Buches.

Das gesamte Verlagsprogramm von tredition ist bei allen stationären Buchhandlungen und Online-Buchhändlern wie z. B. Amazon erhältlich. e-Books stehen bei den führenden Online-Portalen (z. B. iBookstore von Apple oder Kindle von Amazon) zum Verkauf.

Einfach leicht ein Buch veröffentlichen: **www.tredition.de**

Eigene Buchreihe oder eigenen Verlag gründen

Seit 2009 bietet tredition sein Verlagskonzept auch als sogenanntes "White-Label" an. Das bedeutet, dass andere Unternehmen, Institutionen und Personen risikofrei und unkompliziert selbst zum Herausgeber von Büchern und Buchreihen unter eigener Marke werden können. tredition übernimmt dabei das komplette Herstellungs- und Distributionsrisiko.

Zahlreiche Zeitschriften-, Zeitungs- und Buchverlage, Universitäten, Forschungseinrichtungen u.v.m. nutzen diese Dienstleistung von tredition, um unter eigener Marke ohne Risiko Bücher zu verlegen.

Alle Informationen im Internet: **www.tredition.de/fuer-verlage**

tredition wurde mit mehreren Innovationspreisen ausgezeichnet, u. a. mit dem Webfuture Award und dem Innovationspreis der Buch Digitale.

tredition ist Mitglied im Börsenverein des Deutschen Buchhandels.

Dieses Werk elektronisch lesen

Dieses Werk ist Teil der Gutenberg-DE Edition DVD. Diese enthält das komplette Archiv des Projekt Gutenberg-DE. Die DVD ist im Internet erhältlich auf **http://gutenbergshop.abc.de**

Zeitfracht Medien GmbH
Ferdinand-Jühlke-Straße 7
99095 Erfurt, Deutschland
produktsicherheit@kolibri360.de